重读契诃夫

Перечитывая Чехова

[苏] 伊利亚·爱伦堡 著　童道明 译

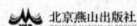

伊利亚·爱伦堡(1891—1967)

俄罗斯记者、作家、社会活动家。多年从事记者工作,一生著书甚丰,两次获得斯大林奖,曾被推选为世界和平理事会副主席。他的回忆录《人·岁月·生活》在我国文学界有很大影响。

我一生一世都怀抱着对契诃夫的爱……

——伊利亚·爱伦堡 《重读契诃夫》

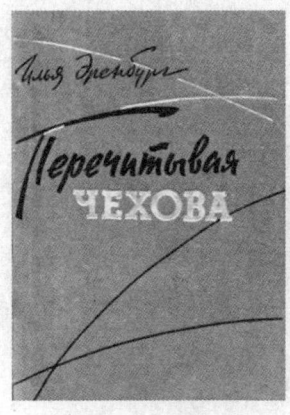

《重读契诃夫》初版书影

1960年,苏联纪念契诃夫诞辰100周年发行的纪念邮票

2010年,俄罗斯纪念契诃夫诞辰150周年发行的纪念币

契诃夫在莫斯科新圣女墓园的墓地

20世纪末,为纪念契诃夫,莫斯科艺术剧院开始以契诃夫命名

安东·巴甫洛维奇·契诃夫（1860—1904）

俄国作家、剧作家。他一生创作了七八百篇短篇小说，被誉为世界"短篇小说之王"。他的剧作《海鸥》《万尼亚舅舅》《三姐妹》和《樱桃园》等迄今仍是世界戏剧舞台长演不衰的剧目。

童道明翻译《重读契诃夫》手迹

把契诃夫给予我的感动,通过我的写作与译作传递给别人,使其他人也有了走近契诃夫的兴趣,这也是我的一大人生快事。

——童道明

目录

我读《重读契诃夫》/ 001

一 / 001
二 / 019
三 / 039
四 / 063
五 / 082
六 / 094
七 / 111
八 / 119
九 / 124

附录 惜别樱桃园 / 138

我读《重读契诃夫》
——代序

一

我与契诃夫的相遇是在1959年,那年我在莫斯科大学文学系读三年级,同时也报名进了为时一学年的"契诃夫戏剧"进修班。这个进修班的指导教师是拉克申,他很年轻,也极有学问,后来成了著名学者,还担任了苏联契诃夫学会的主席。

拉克申老师在课堂上讲课,让我们相信,契诃夫是一位与我们现代人的心灵相通的经典作家。他是这样开始向我们介绍契诃夫的:

"契诃夫的剧本里是没有传统意义上的反面人物的。但也有他不喜欢的剧中人物,他不喜欢心中没有痛苦的人。他相信物质与精神的冲突是永恒的,他喜欢的人物都是因为有更高的精神追求而痛苦着的。"

这太有启发性了，因为他一下子就破除了当时还在学术界占统治地位的简单化的社会学批评方法。

学习了一年之后，我当真爱上了契诃夫。而就在这1960年，我在莫斯科大学的书亭买到了刚刚出版的《重读契诃夫》。爱伦堡在这本书的第一章里说："我一生一世都怀抱着对契诃夫的爱……"当我读到爱伦堡的这句自白时，就意识到，爱伦堡也将是一位我可以引为知己的老师，他的这本《重读契诃夫》是值得我珍爱的一本书。

可以说，最早是拉克申，继而是爱伦堡牵着我的手走近了契诃夫。而10年前的一天，我终于决定将这本给了我很多教益与感动的书翻译过来，还在记录我译文的本子上郑重地写明：2008年3月29日开始翻译爱伦堡的《重读契诃夫》。

二

爱伦堡是个什么样的人？当然是个才华横溢的人，他既写诗歌，也写小说、战地札记、时政评论；"二战"后成了社会活动家，出任世界和平理事会副主席，周游列国；到了晚年，又回归书房，潜心写作，写出了两部独具一格的作品：《重读契诃夫》和《人·岁月·生活》。这两部作品都可称为他告别世界前的绝笔之作。爱伦堡在《人·岁月·生活》第三卷开头说:"这本书有很浓重的主观因素。这本书不是历史的记录,而更像是作者的内心倾诉。"我们从《重读契诃夫》中也能发现作者的不少内心倾诉,难怪他的笔端能流淌出那么多动人的温情与抒情,与我们通常读到的学院派论作大异其趣,能让我们联想到读《金蔷薇》时获得的意趣。

1922年5月29日,女诗人茨维塔耶娃送给爱伦堡一本书,书的扉页上写着:"您的友谊对于我比任何仇恨都珍贵,您的仇恨对于我比任何友谊都珍贵。"由此我推想,爱伦堡应该也是个很有魅力的人。

1942年10月20日,爱伦堡发表题为《俄罗斯的安泰》的战地札记。他说:"为什么德国法西斯的旗帜不能在斯大林格勒上空飘扬?因为那里有人在,而人在战斗:这是俄罗斯人。对于祖国的爱泛滥开来,像春汛的河流,可以淹没一切。已经没有个人的命运了。只有祖国的命运……"从中我们能感触到他火热的爱国热忱。

1956年的一个秋日,莫斯科首次举行毕加索画展,观众蜂拥而至,大有不等开馆便破门而入的架势。此刻爱伦堡站了出来,说:"同志们,这个展览我们已经等待了25年,那就让我们再等25分钟吧!"此言一出,场面复归平静。

我们能想象到他的机智与幽默。

而读过《重读契诃夫》的人,都能感受到他旁征博引的学养。文如其人,就在《重读契诃夫》中,在他的学识之外,我们也能感受到他的独立人格和自由心态。

三

从上世纪50年代后,俄罗斯的文化界便更多地关注契诃夫的人格美了。《金蔷薇》里有一个章节就讲到契诃夫的善良,说契诃夫既是个善良的人,也是个善良的作家。作者帕乌斯托夫斯基进而说:"我们的一些文学作品缺少这种契诃夫式的善良和完美的人道主义。"他认为契诃夫的作品是"善良"的,因为"他要求人们彼此怀有悲悯情怀"。

爱伦堡的《重读契诃夫》也是在努力探寻契诃夫作品的道德基石。在书的一开始,爱伦堡就谈论契诃夫性格的一个重要特征——谦逊——"契诃夫是个谦逊的人,这不仅因为他在哲学理念上接近谦卑:他生性谦虚,他从来不以为自己是个预言家,是个导师,他甚至没有大作家的自我感觉,他从来没有自己高人一等的意识。他的矜持与他的生性羞涩有关,而并非是想脱离大众、独善其身。"

而到了本书的第三章,爱伦堡就进而把契诃夫的谦虚品性与他的创作联系了起来:"他的谦虚有口皆碑。这个谦虚的品性决定了他的创作的特质。"而在这句之前,爱伦堡写出了一句石破天惊的金句:"如果契诃夫没有这样少有的善良本性,他就写不出他已经写出来的这些作品。"

而到了本书的第六章,爱伦堡又进一步指出:"文字描写的简洁对于他来说是与世界观有关的","谦虚对他来说不仅是一个伦理的概念,同时也是一个美学的概念"。

四

读爱伦堡的《重读契诃夫》,常能诱发我产生学术联想的快感。在本书第一章,为了质疑简单化的社会学批评,爱伦堡问道:"千百万人阅读《红与黑》,难道是为了知道19世纪20年代末的法国社会情状?"读到这里,我立即扇动联想的翅膀,给自己提问:"今天成千上万的人到剧场去看《樱桃园》,难道是为了知道19世纪末20世纪初的俄国社会情状?"回答当然是否定的。于是我动笔写了篇题为《惜别樱桃园》的文章,发表在了1995年的一期《光明日报》副刊上。文章里有这样的一段文字:

> 时代在快速地按着历史的法则前进,跟着时

代前进的我们,不得不与一些旧的但也美丽的事物告别。在这日新月异的世纪之交,我们好像每天都在迎接新的"别墅楼"的拔地而起,同时也每天都在目睹"樱桃园"的就地消失……我们无法逆"历史潮流",保留住一座座注定要消失的"樱桃园"。但我们可以把消失了的、消失着的、将要消失的"樱桃园",保留在我们的记忆里,只要它确确实实值得我们记忆,大到巍峨的北京城墙,小到被曹禺写进《北京人》的发出"吱妞妞、吱妞妞"声响的曾为"北平独有的单轮水车"。

莎士比亚的《哈姆莱特》和契诃夫的《樱桃园》是当今世界演出最多的戏剧经典,原因就是这两个剧本是最能触及现代人的灵魂,因此也是最具有时代精神的戏剧经典。

五

读完全书,你会相信,爱伦堡尽管没有"契诃夫专家"的名分,但他对契诃夫及其作品的确有非常深入的研究,而且相信他写这本书的确是为了表达他对契诃夫的爱。所以他可以直抒胸臆,与一些关于契诃夫的传统认知进行"争鸣",执着地为契诃夫"辩诬"。

爱伦堡熟悉法国文化,因此,当你读到他把契诃夫与巴尔扎克、福楼拜、左拉、莫泊桑等法国作家做"类比"的段落时,你会想,其他的契诃夫专家大概是写不出这么有趣又有启发性的文字来的。

六

爱伦堡在书的第一章提出了"契诃夫的生命之谜何在?"的问题,也就是要向读者解释契诃夫作品的生命力。他的解释是:"契诃夫非常准确地描绘了他生活的那个世界。那个世界本身在我们看来,既不豪迈,也不动人,但契诃夫所展现的人物却让我们感到亲近。"还有:"对于过去时代的作家的爱,首先取决于他们对于读者心灵世界的亲切。"

《重读契诃夫》的主要内容,就是爱伦堡通过对契诃夫的一些作品进行他的具有人文意蕴的解读,让我们当真感到契诃夫所展现的人物,的确能"让我们感到亲切",契诃夫的确是一位能走进现代读者"心灵世界"的"经典作家"。所以结束全书的时候,爱伦堡可以用这样一段很抒情的文字来说明契诃夫的现代意义:

他没有说教什么,但他教育了千百万人——在我们这里,也在远离……我们辽阔国土疆界的地方——在所有的有人在追求、在痛苦、在爱、在奋斗、在欢乐的地方。

童道明

2018年4月12日

一

站在亚斯纳亚·波良纳的托尔斯泰墓旁，你会不由自主地想起自豪与谦卑。列夫·尼古拉耶维奇立下不在他的墓前竖立墓碑的遗嘱。这是基于他崇尚的对于内心谦卑的信仰。然而，他选择的墓地是激情洋溢的：托尔斯泰和大自然。

契诃夫是个谦逊的人，这不仅是因为他在哲学理念上接近谦卑：他生性谦虚，他从来不以为自己是个预言家，是个导师，他甚至没有大作家的自我感觉，他从来没有自己高人一等的意识。他的矜持与他的生性羞涩有关，而并非是想脱离大众、独善其身。他曾经长久地、坚毅地与他认为的自己的缺点和恶习做斗争，但他无需与骄傲做斗争，因为他没有这个缺点。他躲避荣光。1889 年（那年安东·巴甫洛维奇 29 岁）他来到彼得堡，意外地碰到了任何一个名人——来访的演艺明星、善辩的律师或是得了冠军的运动员——都能面对的喧闹的捧场,契诃夫对于这种荣光付之一笑。他写道:"我在一个光荣的澡盆里洗了个澡,闻了闻花言巧语的香味。"声誉没有冲昏他的头脑,相反,加深了他对自己作品的价值的怀疑。他对于自己不仅要求严格,而且接近不合情理的苛刻。在发表了小说《草原》《命名日》之后,他给二流作家吉洪诺夫写信说:"……如果要有所成就,我们得依靠整个一代人的努力,没有其他办法。后人将把我们统称作80年代,或是'19世纪末',而不会是单独的契诃夫、吉洪诺夫、柯罗连科、谢格洛夫、巴伦采维奇、贝日茨基。我们有点像是个合作社。"可以认为,这样的评说有点言不由衷,是契诃夫想给吉洪诺夫鼓鼓劲儿。然而,安东·巴甫洛维奇在不同的交谈者面前都说过类似的话。一年之后,在写给柴可夫斯基的一封信里,他把托尔斯泰放到了文坛首领的位置上,而把自己排在了第98位。在1886年,契诃夫在不无幽默地给文坛排座次的时候,把阿维尔基耶夫、穆拉夫林、瓦西列耶夫斯基这样的人都排在了很显赫的位置上,对于这几位作家现在只有不多的文学研究专家才能知道他们的名字。1889年12月,契诃夫在一封给苏沃林的信中写道:"近日我读了贝日茨基的《家庭悲剧》,在我心中产生了对于作者的怜悯之情,我阅读自己的作品时,也有这种感觉。"

契诃夫说:"我并不看重我写的作品。"他把自己的短篇小说或中篇小说称作"小玩意儿",还补充了一句:"人们会读我的作品读上 7 年,或 7 年半,然后就把我忘记了。"但从他的小说问世以来,过去了不是 7 年,而是 77 年,而读者对他的爱一点没有减弱。

契诃夫在世的时候就拥有很多读者,当然,他们仅仅属于革命前的相对狭小的文学爱好者的圈子。革命使契诃夫的读者增长了数十倍。统计数字表明,在苏维埃时代,他的作品的印量已近 5000 万册。问题不仅仅在于数字。我常常能听到这样的感言:"契诃夫在很多方面帮助我认识了自己和生活。"我的住所离年轻时的契诃夫行医的伊斯特拉城不远,其时他在契金医院给人治病,在这里他写下了头一批小说。安东·巴甫洛维奇的故居于 1941 年 12 月被法西斯分子焚烧。此前 5 年,在故居的废墟旁,竖立了一个纪念碑,与很多纪念碑不同,这座纪念碑像契诃夫一样可爱和简朴。我参加了这座纪念碑的揭幕仪式,伊斯特拉的居民、集体农庄的庄员、少先队员、旅游的客人聚集到了一起,在每一句话语中,在每一个眼神里,都流露出读者对这位作家的爱。你不会把这种爱与人们对于古代珍宝的爱慕之情,以及对于世界名人的敬畏之感混淆在一起。

我看见全然不是爱哭的、很有毅力的苏联妇女,看过

契诃夫出生地塔甘罗格的
契诃夫纪念雕塑

契诃夫病逝地——德国
巴登韦勒的契诃夫纪念雕塑

契诃夫行医地——兹威尼哥罗德的契诃夫纪念雕塑

契诃夫的梅里霍沃庄园所在地——谢尔普霍夫市的契诃夫纪念雕塑

契诃夫生命最后5年的居住地——雅尔塔的海滨公园的契诃夫纪念雕塑

《三姐妹》(安东·巴甫洛维奇把这个剧本称作"快乐的喜剧")之后是怎样哭泣的,流泪的还有工程师和医生、白发的家庭主妇和年轻的女大学生。读了很多外国作家的作品之后,你能认识到契诃夫的影响有多么深远。这时我想到了20世纪初的英国文学,想到了普列姆昌德的作品,想到了法国作家,想到了鲁迅(郭沫若说过契诃夫对中国作家的影响)。我很难想象没有契诃夫的海明威、皮兰德娄、莫拉维亚的作品。

契诃夫的剧本并不符合一般的情节性戏剧的要求,但它们被搬上了世界各国的舞台——莫斯科、伦敦、东京、巴黎、斯德哥尔摩和纽约的舞台——已经有四分之一世纪。到处有人与我说起《海鸥》——它真是飞过了海洋。

谦虚的、说自己只是写了些"小玩意儿"的安东·巴甫洛维奇震撼了世界。普普通通的法国人、英国的大学生、被生活的庸俗所苦恼的美国人都对我说过我们熟悉的感受:"契诃夫帮助了我……契诃夫打开了我的眼睛……契诃夫温暖了我的心……"

契诃夫的生命之谜何在?他的深刻的现代性何在?为什么它能让生活在同一个时代,但是思想感情、宗教信仰、道德规范、生活习惯殊异的人都能感到亲切?

我现在想到的,不仅是那位能够背诵很多契诃夫小说段落的萨拉托夫市的女共青团员，不仅是那位波士顿的医生，他告诉我他是怎样读了《没有意思的故事》之后理解了再次获得生命的意义。我想到了我自己的经历。契诃夫逝世那年我13岁，我记得很清楚，当母亲把契诃夫的死讯告诉我的时候，我是怎样受到强烈的震撼的，因为知道世界上再也没有那个写作了《喀什坦卡》这篇小说的人了。然后，在漫长的岁月里，我时而生活在《阿里阿德涅》的世界里，时而生活在《匿名者的故事》里，时而生活在《带阁楼的房子》里，时而生活在《没有意思的故事》里。我从一个世界进入另一个世界，什么都在变化，我也发生了变化，那变化是如此之大，以至于我往往在回忆我的过去的时候，就像是在回忆一个被人编造的、并不高明的、并不连贯的、并不新鲜的故事。然而，我一生一世都怀抱着对契诃夫的爱……

我浏览了一下写于半个世纪前的文章与书籍。鲍鲍雷金把契诃夫称作"失时的诗人"，批评家们，不论是里沃夫－罗加契夫斯基，还是聂维道姆斯基、弗里奇，或是奥包列斯基，都在重复着同一种论调："80年代的优秀表现者"、"阴暗岁月的记录者"、"夕阳作家"、"黄昏诗人"。

我打开一本《百科全书》。它是不久前出版的，问世才4年。在这本辞书里，契诃夫被称为"伟大的俄国作家"，接下去的评语和我以前读到的文章里的说法如出一辙,只是对契诃夫所处的社会做了更为明确的判断:"在写于80年代末和90年代的作品中,契诃夫描绘了俄国知识分子的思想探索,揭露了小市民心理、民粹主义的幻想、托尔斯泰主义、资产阶级自由主义……契诃夫创造了一批揭示沙皇专制警察制度的典型形象,达到了高度的社会概括……他现实主义地展示了城乡资产阶级的生产关系的成长、农民的贫困化和地主贵族阶层的分化。"

就在这本辞书里,我又读到了关于乌斯宾斯基的条目:"具有很高现实主义技巧的作家,描写了城市平民的困苦和受压迫的处境,以及资产阶级的生产关系对于俄国城乡生活的影响。在写于七八十年代的作品中,乌斯宾斯基一反自己的民粹主义幻想,真实地展示了资本主义生产关系在农村的发展……"我再往下读就看到了关于萨尔蒂科夫-谢德林的条目:"……他揭示了俄国和国际的自由主义的反动本质……描写了资本主义的成长,及对农村的渗透……"

所有这些评说,当然,都是对的。关于契诃夫的条目说得也没有错。但这类评价完全不能说明现代读者喜爱他的作品的原因。早已消失了的那个社会的历史果真那样吸引今日的读者吗?在俄国的资本主义被铲除40年之后,读者也当真对"城乡资产阶级的生产关系的成长"有浓厚的兴趣吗?如果契诃夫创造了"一批揭示沙皇专制警察制度的典型形象",那么他们怎么会激动对沙皇和旧俄时代的警察知之甚少的现代读者呢?19世纪80年代末和90年代早被定性为"失时之年",乃是俄国历史上的灰暗篇章,关于这些年代的充塞在12卷史书里的历史记载,未必能点燃生活在阳光灿烂的今天的读者的心。主张开办高等女校的自由主义分子尼古拉·尼古拉耶维奇与反对这一主张的保守主义分子彼得·德米特利奇的争论难道能够激励现代人?这些现代人已经在征服宇宙空间,已经在建设史无前例的新社会,这些现代人铭记奥斯维辛集中营和广岛的灾难,他们既有自豪感,也有警惕性。

契诃夫在作品中展现的很多冲突,从表层上看对于苏维埃时代的读者已经显得陈旧。可以拿小说《出诊》作例。年轻的女工厂主丽莎·梁李柯娃痛苦着;安东·巴甫洛维奇——在这个场合是小说人物科罗廖夫医生——对丽莎说:"您处在工厂主和富裕的继承人的地位,却并不感到满意,您不相信自己有这个权利,所以现在您睡不好觉。这当然要比您心满意足、睡得踏实、觉得事事如意要好得多。"丽莎的工厂在40年前就被收归国有了,丽莎的孙女现在正站在车床前劳动,或是在学校学习,或是在机关工作。再比如《神经错乱》。大学生瓦西里耶夫到妓院走了一趟,痛感妓女生活的阴暗。瓦西里耶夫的孙子能有相同的遭遇吗？在契诃夫的作品中，有不少不幸的婚姻，牵涉到金钱、债务、庄园、住宅的纠纷；或是有钱的年老的丈夫欺辱妻子，或是妻子挥霍丈夫的钱财。在我们今天的社会里，也有不少失望的丈夫和委屈的妻子，但这不牵涉土地或陪嫁。契诃夫非常准确地描绘了他生活的那个世界。那个世界本身在我们看来，既不豪迈，也不动人，但契诃夫所展现的人物却让我们感到亲切。

我再问一遍：奥秘在哪儿？有人说在于才华。这个解答不能满足我。契诃夫说他不喜欢冈察洛夫。但又说冈察洛夫比他"天才一大截儿"。考虑到契诃夫的高度谦虚，我在这里不做比较，但冈察洛夫无疑具有很大的创作才华，是一位大艺术家。他的小说《奥勃洛莫夫》引起不少争论，还产生了"奥勃洛莫夫习气"这个概念。但是，我们尊重冈察洛夫，尊重他，是把他当作一座过去时代的纪念碑来看待。契诃夫评价彼谢姆斯基说："这是一个很大很大的天才！"但他同时又说："我们家里的人，读彼谢姆斯基的作品，发现读起来很吃力，他过时了。"如果契诃夫的家人在1893年就发现彼谢姆斯基的作品已经过时，那么谁也不会奇怪为什么今天很少有人还在读彼谢姆斯基的书。然而，他也具有很大的才华。

问题不仅仅在于才华,再说也很难断定人的才能的尺度。各种辞书,却试图给作家分档:"伟大的"、"卓越的"、"优秀的"和仅仅是一个"作家"。然而称号并非没有争议,而且也不是一成不变,你看看,在新版的文学辞书上,原来是普通"作家"的升格为"杰出的"了,也有原本是"杰出的"降格为"优秀的"了。

对于过去时代的作家的爱,首先取决于他们对于读者心灵世界的亲近。当一部文学作品给人留下的印象仅仅是过去时代的社会画面,那么爱便让位给了对于作者洞察力、社会责任感、写作才华与技巧的不带感情色彩的肯定。

既然哈姆莱特深受心灵煎熬,我们何必关心宫廷阴谋?千百万人阅读《红与黑》,难道是为了知道19世纪20年代末的法国社会的情状?谁敢于肯定,《堂吉诃德》几个世纪以来一直激励人心,是因为它是对16世纪流行在西班牙的骑士小说的讽刺?有人会说我这是在抬杠,说伟大的文学作品都能真实地表现过去的时代,与此同时,又能以精美的文笔、艺术的结构与和谐,使各个时代的人们感到愉悦。而在我看来,这不是解释,而是随心所欲的花言巧语。如果一个艺术作品,不管它过去曾经如何宏伟,但如果它的思想、它的性格揭示、它包含的情感,与下一代的人的思想感情脱了节,它也就失去了魅力。高乃依和拉辛激励了人心200年，但对于19世纪的浪漫主义者来说，他们就是难以理解和不合时宜的了。哥特式建筑在文明社会风行了400年。波伦亚画派对于17世纪的人来说是绘画艺术的顶峰，而在20世纪的人看来就是匠气十足的作品了。

　　作家与人民同命运，关切他们的痛苦与希望。力图回避现实生活，脱离活生生的人群，逃避现实地关注"永恒主题"，常常把作家引向创作的失败。当契诃夫在写作有关"小人物"的小说时，作家梅列日科夫斯基（契诃夫称他为"饱汉"）却试图涉及"永恒的主题"。但他的装腔作势的三部曲《耶稣和反耶稣》今天还能使哪个人感兴趣吗？对于卓有才华的作家列昂尼德·安德烈耶夫，契诃夫做过这样的评价："……缺乏平易、自然，他的才华如同一只人造的夜莺的歌唱。"契诃夫逝世后不久，安德烈耶夫写了剧本《人的一生》，莫斯科艺术剧院把它搬上了舞台，安德烈耶夫想表现某种广义的人的一生，结果表现的却是一个上了发条的木偶，现在谁也不会想着去排演《人的一生》了——无论是在我们这里，还是在巴黎，或是在澳大利亚。那些想追求"永恒"的契诃夫的同时代作家，写出来的都是短命的作品。契诃夫与自己的时代有着千丝万缕的联系。他不喜欢幻想，即使是展开想象，他也立足在故土上。在展现自己的同时代人的时候，他在他们身上揭示了能为我们所理解的品性。关于地方自治、关于慈善机构的作用、关于托尔斯泰主义的失败等话题已经过时了,但在契诃夫的作品中讨论这些话题的人物还是活生生的——这不仅因为这些人物都是各种社会情绪的表达者,而且还因为他们都是带有各自的优点与缺点,都是心怀着希望、苦恼与迷茫的人。1939年,法国作家让-里沙尔·布洛克在巴黎舞台上看了《海鸥》之后大受震撼:"契诃夫在小说和剧本中表现的这些革命前的俄国人,在很大程度上与法国作家吉尤、马尔罗、莫里亚克、贝纳诺斯、尼桑、阿拉贡的人物相仿佛……"那时他以为这种相近,这种契诃夫的现代性是来源于历史的原因造成的法俄两个社会的共同性。第二次世界大战期间,布洛克又到了苏联,他在莫斯科看了契诃夫戏剧的演出,他思考为什么契诃夫的戏剧能被苏维埃的青少年所理解,他对契诃夫的评价就更高了。

司汤达说过:"应该让对于一定立场的坚持不至于掩盖人身上的激情。过了5年、10年之后,坚持一定立场的人不会再感动人。只有虽然所处的历史阶段将会完结但依旧让人感兴趣的人,才值得去描写。"我以为这段话准确地说明了契诃夫作品的生命力。历史已经给里沃夫医生、"公爵夫人"、可怜的米修斯的姐姐、高官奥尔洛夫的不肖之子,以及其他一些契诃夫作品中的人物做出了判决。现在使我们感兴趣的，不是这些人物在读过报纸后都争论了些什么问题，而是他们的内心世界：他们的爱情、他们的痛苦、他们的喜悦，能帮助我们认识自己，认识我们的现代人。

《海鸥》的剧中人物特里哥林的札记本很像契诃夫本人的札记本。不久前出版了苏联作家伊尔林的札记，它们和特里哥林-契诃夫的札记也很相像。我见过一些年轻的苏联女演员，她们的生活条件和工作条件是全新的，这比妮娜·查列奇娜雅的条件要好，比如，她们无需与喝醉了酒的商人周旋。但她们对于艺术的热爱，也让她们付出了巨大的代价。难道年轻的女共青团员很难理解安娜或纳嘉的心灵冲动？难道现代作家扎包洛茨基的《最后的爱情》的尾声与小说《牵小狗的女人》的结尾距离得那么遥远？难道我们每一个人从没有见过类似《邻居》的主人公弗拉辛契这样乏味的空谈家？他就知道出声朗读他喜欢的报纸上的文章，然后写信给编辑部让转交给文章的作者。我们今天难道不还是要和契诃夫笔下的"套中人"做斗争？尽管无论是学校，还是套子，还是其他的许多方面都发生了变化。当然，现在已经没有抵押的庄园，以及其他的万尼亚舅舅生活的物质条件，但我知道，谢列勃里雅科夫教授那样的人物现在还有，对于他们，就用得着契诃夫这句"老糊涂，学术骗子"的判词。我也知道一些人，因为要成全一些没有良心也没有才华的沽名钓誉者,而自己吃尽了苦头。

契诃夫没有写过谈论艺术的文章,也很少、很不情愿谈论自己的写作。他知道他应该怎么写作,但他不做理论归纳。他说:"当有人跟我说起艺术性和非艺术性,说起有戏剧性或无戏剧性,说起倾向性、现实主义等等,我就不知所措,毫不自信地连声附和,或说一些无关痛痒的话。我把所有的文学作品分成两类:我喜欢的和我不喜欢的。其他的标准我没有。如果您问我为什么喜欢莎士比亚,而不喜欢兹拉托夫拉茨基,那我也无法回答。也许将来我会变得聪明一些,能明白那些艺术标准,但眼下这些关于艺术性的言谈,只能让我厌倦,我觉得他们就是中世纪那些令人厌倦的繁琐哲学的言谈的继续。"契诃夫的教诲不在于言说,而在于他的艺术本身。作家和读者都应该想想这样的经验教训,他们被一个问题苦恼着:"为什么现在没有契诃夫?……"

关于契诃夫,已经写了很多很好的文章。勤奋的文学评论家写过他,20世纪初的一群大作家——高尔基、托马斯·曼、鲁迅、萧伯纳、高尔斯华绥、莫里亚克,也写过他。我起意和读者交流一下我对契诃夫的生活与创作的看法,并不想发现早已被人发现的道理。我仅仅作为一个不同于过去的新时代的文学家,试图明白一个道理:为什么契诃夫能超越自己的时代?其生命力远比所谓的"契诃夫作风"久远得多。这是老问题——关于作家的责任,关于文学与生活的联系,关于艺术的规律。这是个古老的,但也许是最有现实意义的问题:大时代需要大艺术。在人造地球卫星上天的时代,应该说说人的心灵的卫星。

译者说

　　写契诃夫的谦虚,但从说托尔斯泰的坟墓开始。不立墓碑,自然是托翁的谦虚,但墓地的选择却透露了他的"激情洋溢"的"自豪"。在爱伦堡看来,"生性谦虚"、"躲避荣光"、"甚至没有大作家的自我感觉"的契诃夫,可以和托尔斯泰的谦虚相媲美。爱伦堡后来在《人·岁月·生活》中就直截了当地表达了他的这个看法:"我觉得,契诃夫在生活中比托尔斯泰更温和、宽厚、善良。"爱伦堡当然知道,托尔斯泰是比契诃夫更宏伟、更有历史地位的作家,但契诃夫又无疑是爱伦堡最感到贴己和亲切的作家。写作《重读契诃夫》与写作《人·岁月·生活》是同步开始的。爱伦堡在回忆录一开头谈到自己降生于世的1891年时,就联想到了契诃夫:"契诃夫是在1891年1月开始写《决斗》的。回顾自己的一生,我发现我的思想、希望、怀疑跟当我还没有降生时就已激动着安东·巴甫洛维奇的一切是有联系的。"

爱伦堡在《重读契诃夫》的第一章重申:"我一生一世都怀抱着对契诃夫的爱……"这是他写这本书的根本性动因。但不仅如此,他写这本书是想说一些他的不同于前人的对于契诃夫的看法;而且不仅是对契诃夫的看法:他在这一章里一而再地冲击当时在俄罗斯学界还流行的简单化的社会学的批评方法。这种批评方法的重点是,正面评价一部作品一定要说它真实地反映了那个时代的社会情状。爱伦堡提出质疑:"千百万人阅读《红与黑》,难道是为了知道19世纪20年代末的法国社会情状?"具体到契诃夫的创作,他举《出诊》为例。女工厂主今天虽然没有了,但《出诊》里表现的女工厂主丽莎的精神痛苦却能被现代人理解。同样的,今天年轻的女共青团员也能理解《牵小狗的女人》中的安娜和《未婚妻》中纳嘉的"心灵冲动"。

契诃夫之所以让人感到亲切,是因为他笔下的人物让我们感到亲切,"他们的爱情、他们的痛苦、他们的喜悦,能帮助我们认识自己,认识我们的现代人"。爱伦堡强调他写这本书的一个重要目的,是弄清楚这样一个问题:"为什么契诃夫能超越自己的时代"?而且爱伦堡还进一步拷问:"为什么现在没有契诃夫?"

二

契诃夫有一次对高尔基说:"评论家就像妨碍马匹耕地的牛虻。马在工作,绷紧了浑身肌肉,像低音提琴的琴弦绷紧一样,而这时,牛虻爬在马的屁股上胳肢着,还发出嗡嗡的声响……我已经读了25年的对我的作品的评论文章,但我没有读到一句有益的指点,没有听到一句中肯的意见。斯卡皮契夫斯基有一回倒是给我留下了印象,他说我将来会喝醉了酒倒毙在篱笆墙下的……"

斯卡皮契夫斯基编写的《新俄罗斯文学史》的出版,已经在契诃夫发表了《没有意思的故事》《跳来跳去的女人》《第六病室》之后,而这位被认为是很值得尊敬的评论家在书中却是这样评论契诃夫的创作的:"这不是完整的文学作品,而是一系列的由小说情节的线索扭结起来的无序的特写……我们在他的作品中见到了一系列的仅仅为了让读者发笑的笑话。"

米哈伊洛夫斯基是一位民粹派思想家，俄国知识界很重视他的言论，他这样评论道："我不知道是否还有比这个沉沦的天才更可悲的情景……契诃夫先生冷冷地在写作，而读者冷冷地在阅读……"

形形色色的牛虻不停地在嗡嗡作响。进步的评论家波格达维奇写道："契诃夫似乎是个得了近视眼的画家，他不能把握整体画面，所以没有中心，远景不准确，他的作品显得单调。"保守的评论家卡契列奇和他持相同的观点，说契诃夫写得"糊里糊涂"，文学家雅辛斯基这样评论《海鸥》："这不是海鸥，而是野鸭。"《彼得堡快报》愤怒地写道："为什么要这种现代派？"一个名叫谢利瓦诺夫的人在自由主义的《新闻报》上故作深沉地说："我不知道，我记不得契诃夫先生何时成了大天才，但我毫不怀疑，这样的文学称号对于他是虚假的。"而极右的彼尔格在契诃夫去世之后在《祖国语言》杂志上发了篇文章，说："这位最平庸的作家被作为天才扬名整个俄国，仅仅是因为他是自己人，他属于'海燕'派！去世的契诃夫的文学才华平平……犹太报人和'激进'分子的疯狂炒作，夸大作者的成就——这一切是因为他是他们的人。他们把否定俄国生活、否定俄国的一切，都加以赞美和拔高。"

契诃夫善于默默地承受委屈，或是一笑置之。只是有

契诃夫（前排右二）与《俄罗斯思想》的编辑

一次他发怒了。他给各种各样的人写过几千封信，这些信的调子或是戏谑的或是忧伤的，在所有的契诃夫书信中，有一封信传达出了安东·巴甫洛维奇的愤怒。当自由主义的杂志《俄罗斯思想》把契诃夫归入"无原则文人"的行列时，契诃夫愤怒了，他给这本杂志的主编拉甫洛夫写了封信，说："对于批评，通常是不做回答的，但这一回的情形不是什么批评，而简直是诽谤……我从来不是一个无原则的作家，或者说从来不是一个投机取巧的小人。当然，在我的整个文学活动中，不但出现错误，有的错误甚至很严重，但这只能从我才能大小的范畴中寻找原因，而绝不能以我是个好人还是坏人来加以解释。我没有讹诈过，既没有写过诽谤书，也没有写过告密信，没有献过媚，没有撒过谎，没有侮辱过什么人，总而言之，我有不少小说与文章，由于它们的毫无用处我可以把它们扔掉，但我现在能为之感到羞耻的文字却一行也没有……您的责难是诽谤。"

所有的语言都有弹性。有时有人被称为没有道德的人，是因为他的道德标准与谴责他的人的道德标准不同。有时一部作品的思想倾向与批评家们的思想观念不合拍，便被他们指责为没有思想的作品。《俄罗斯思想》的自由主义者们称契诃夫是无原则的人，是因为他的原则与他们的原则大相径庭。

很多人都认同拉甫洛夫的观点——无论是在契诃夫还在世的时候，还是在他逝世之后。民粹派分子和自由主义分子、神秘主义者和颓废主义者都认为，热衷于平淡生活的细枝末节和人的心灵世界的秘密的契诃夫，漠视社会问题。有的人对此表示气愤，有的人因此称契诃夫是"客观性的信徒"、"对现实生活不关心的自由的艺术家"、"凝望星空的作家"，或是"仅仅能发现小甲虫的文学家"。

每个人都知道，1889年不是1959年，在谈论契诃夫社会思想观念时，不能以我们今天的社会意识，或是以1905年革命后的社会意识作为衡量的标准。作为作家的契诃夫成长在黑暗的历史时代,穷凶极恶的警察头目,像他们的沙皇亚历山大三世一样活在世上,自由知识分子的代表们在茶余饭后高谈阔论,而人民大众还是沉默的一群。书刊审查制度横行霸道,很难预测,书刊审查官会在契诃夫的这篇或那篇小说中发现什么不合时宜的内容。甚至在写书信的时候也保持警惕性。契诃夫于1901年12月在给米罗留波夫的信中写道:"我想写很多很多,但还是到此为止吧。信件现在常常不是先由收信人读的。"

契诃夫的作品从来不和他说给自己朋友听的观点不一致。他憎恶沙皇俄国的专横。1890年他去了一趟流放犯聚居的岛屿,这不是一次一位有好奇心的旅行者的旅游活动,也不是一个学者的考察活动,是良心促使他完成了这次萨哈林岛之行:"从我已经读完和正在阅读的书籍中可以看到,我们把上百万人关进监狱,虐待致死,虐待得非常残酷,毫无道理,我们把这些戴上脚镣的人在寒冷中驱赶到几万俄里的流放路上,让他们在流放地染上梅毒,堕落下去,滋生新的罪犯,而把这一切都归罪在红鼻子的狱卒身上。现在整个文明的欧洲都知道,有错的不是狱卒,而是我们。"当1899年开始发生学潮的时候,契诃夫给自己的老朋友——保守的《新时代》杂志的主编苏沃林写信说:"国家禁止您写文章说真话,这是专横,但您轻轻地把这个专横说成是国家的权力——这是难以让人理解的。"头一次出国旅行时,契诃夫给妹妹写信说:"很奇怪,这里什么都可以读,也可以说你想说的一切。"小说《醋栗》的主人公伊凡·伊凡内奇说:"你们看一看这种生活吧:强者骄横而懒惰,弱者无知而且像牲畜那样生活着,处处都是叫人没法相信的贫穷、挤压、堕落、酗酒、假正经、欺骗……可是偏偏所有的屋子里也好,街道也好,都一味地心平气和、安安静静;一个城市的5万居民当中竟然没有一个人叫喊一声,也没有一个人大声发泄一下自己的愤怒……我曾说:自由是好东西,我们生活中不能没有自由,就像不能没有空气一样,不过我们得等待。是的,我曾经是这样说的,现在我却要问:为什么要等待?……要等到没有力量生活了才算吗?可是人又非生活不可,而且也渴望生活!"他在小说《命名日》里表现了一个飞扬跋扈的高官彼得·德米特利奇:"一坐上主席的椅子,一穿上缀满勋章的制服,他全然变了。装腔作势的手势,斩钉截铁的嗓音,'这么回事'、'原来如此'一类的官腔……他就是政权的自我意识,妨碍着他安安静静地坐着,他要寻找机会发号施令,用威严的目光逼视民众,大声嚷嚷……"而处于基层的可怜的普里希别叶夫中士重复着高高在上的彼得·德米特利奇的腔调:"难道能够允许百姓胡闹?哪儿有一条法律,说是可以放任老百姓由着性子干的？我绝不允许。要是我不去驱赶他们，管教他们，还有谁去呢？"大家都记得那个"套中人"，是怎样急不可耐地去向上级"报告"不合时宜的言论的。

与《俄罗斯思想》编辑部的自由主义分子不同，安东·巴甫洛维奇不仅憎恶没有文化的警官，他也憎恶有文化的奸商；他不仅需要自由，他也需要公正。1897年2月19日他在日记本上写道："参加了在大陆饭店举行的纪念废除农奴制改革的午宴。乏味而荒唐。吃着饭，喝着酒，嚷嚷着，谈论着人民的自我觉醒和良知等等，而与此同时，在餐桌的四周，穿着号衣的奴隶在穿行，还是这些奴隶站在寒冷的街头等候着马车夫——这就意味着这是在撒弥天大谎。"在写于1896年的中篇小说《我的生活》中，以叙事人身份出现的小说人物说："与人道主义思想稳步发展的同时，另一种思想也在稳步上升。农奴制没有了，但资本主义发展了。在民主思想如火如荼地高涨起来的时候，还像过去时代一样，饥寒交迫的大多数人在供养和保卫着少数人。"

契诃夫知道，对于建立在专制与不正义的基础上的社会，是不能用小小的改革或救济手段来匡正的。小说《带阁楼的房子》中的画家反驳自由主义的积极分子丽达说："以我看来，什么医疗所啦，学校啦，图书馆啦，药房啦，在现有条件下，是仅仅为奴役服务的。人民被一条大链子缚住；您呢，不砍断那条链子，反倒替它添上新的环节——这就是我的看法。……要紧的倒不是安娜因难产死了，而是所有那些安娜、玛芙拉、波拉盖雅，从一清早到天黑，弯着腰劳作，由于力不胜任的劳动而生了病，一生一世为饥饿和生病的孩子发愁，一生一世怕死、怕得病，一生一世找医生看病，很早就憔悴，很早就衰老，在污垢和恶臭里死掉。他们的孩子长大成人，重演那套旧故事，这种情形已经有好几百年；千千万万的人生活得比动物还糟糕——只为了有一口饭吃就得经常担惊受怕。"

契诃夫厌恶那个被他称为"资产阶级"的世界，不喜欢这个世界的庸俗、贪婪和缺乏人性。他在评论谢克维奇的一部小说时这样写道："这部小说的目的是：在金色的梦中抚慰资产阶级。只要忠实于妻子，和她一起做祷告，锻炼身体，拼命赚钱，你就无论是在这个世界还是在那个世界都万事大吉了。资产阶级喜欢'正面人物'和大团圆结尾的小说，因为这样可以让他们坦然地去积累资本和保持绅士风度，在当野兽的同时做个幸福的人。"在说起一位俄国小说家时，契诃夫剖析说："他虚伪，因为资产阶级作家不可能不虚伪。这是个涂脂抹粉的下流作家。下流作家与他的读者一起沉沦，而资产阶级作家伪装正经，用渺小的美德来向读者献媚。"

在契诃夫看来，良知是最高的公断人，这就能很容易理解为什么他对"德雷福斯案件"表现出了极度的关注。在1894年的法国，军官德雷福斯被控间谍罪受到审判。很快有法国的进步人士展开了一场声援德雷福斯的运动，他们指出军事法庭之所以给德雷福斯判罪，仅仅因为他是犹太人。作家左拉发表了为德雷福斯辩护的文章。柯瓦列夫斯基回忆说，在1897年至1898年冬季，正在尼斯逗留的契诃夫每天一早就快速浏览各种报刊：看看有关德雷福斯案的消息。安东·巴甫洛维奇与苏沃林有多年的友谊，但就因为德雷福斯案两人的友谊破裂了。契诃夫想说服苏沃林："可以看得出来，在庭审期间，德雷福斯的表现像一个正派的守纪律的军官，而法庭上的其他一些人，如有些新闻记者向他大声吼道：'住嘴，犹大！'他们的表现极其粗野。所以从法庭回来的人都不满意，觉得良心有愧……能发现很多严重的庭审错误……像德留蒙这类不得人心的人物，趾高气扬地在熬煮一锅反犹主义的稀粥，让人不寒而栗。当我们出了什么麻烦，我们不在自己身上找原因，于是我们很快找到了外部的原因：'这都是法国人捣的鬼，这是犹太人威廉……'是的，左拉不是伏尔泰，我们所有的人都不是伏尔泰，但在生活中常有这样的时刻，这个时候重弹我们不是伏尔泰的老调毫无意义。想想柯罗连科，他为穆尔塔诺夫城的异教徒做了辩护，使他们免去了牢狱之灾。"写过这封信后不久，安东·巴甫洛维奇对哥哥说："在对待左拉的态度上，《新时代》的表现简直是卑鄙。关于这个问题，我和苏沃林交换了不少信件（语调是平和的），然后两人都沉默了。我也不想再给他写信，也不想得到他的信……"1902年9月18日，安东·巴甫洛维奇写信给妻子说："今天我很难过，左拉死了，这是那样的突然，那样的不是时候，作为一个作家，我对左拉并不很欣赏，但通过最近的德雷福斯案件，我高度评价作为人的他。"

1900年，科学院成立了"文学部"，在5个院士中有契诃夫。两年之后高尔基也被选为院士。政府当局发火了，院士选举被宣布为无效，因为"高尔基因政治原因正处于监视之中"。这样，契诃夫便和柯罗连科发表声明，宣布"放弃荣誉院士称号"。

当然时间在前进，俄国发生着变化，契诃夫的不少观点也在发生变化。1888年他在写给普列什耶夫的信中，把蒙昧主义者的虚假与自由主义者的虚假、把青年团体的虚假与监狱里的虚假相提并论。在1899年，他完全站在发动学潮的大学生一边，谴责为警察的暴行做辩护的人。但我并不认为这意味着契诃夫创作上的转折。要知道在1888年以及这之前创作的小说中，安东·巴甫洛维奇都是站在真理的一边,站在人的一边,站在人民的一边。无论是在青年时代,还是在成年时代,他都没有具有明确的政治观点,我也不想在他死后用马克思主义的世界观来武装他。但我认为某些研究者的做法也是荒唐的,他们把契诃夫描绘成在苏沃林的影响下,由一个保守主义者逐渐转变成了自由主义者。

在相对来说并不遥远的1934年,喜欢契诃夫,也做了不少研究的作家索波列夫写道:"他向自由主义阵营的转向,自然表现为他的政治观点发展的新阶段……他终于摆脱了自己的'中立性'……作为社会主义的叛徒斯特罗威在国外出版的《解放》杂志的认真读者,契诃夫在自己的思想意识中超越不过宪法……契诃夫是作为一个先进资产阶级的代言人来发表意见的。"如果这是说契诃夫的社会活动,那这种说法是不对的:他从没有以激进资产阶级、农民阶级和知识分子的代表的身份发表意见。他什么政治意见也不发表(很难把他给科学院的信件以及他与朋友们的谈话视为他的政治言论)。如果是说契诃夫的创作,那么在这些作品中所提出的问题,是最最激进的资产阶级的代表做梦也想不到的。

1888年诗人普列什耶夫写信给契诃夫说:"我从各种不同的人那里听到了对您的评价,有的人指责在作品中看不到您的好感与恶感……有的人把这解释为您的客观主义,也有的人说这是冷漠,不关心。"契诃夫回答说:"您似乎是在对我说,在我的小说中缺乏抗议的因素,其中没有表现出好感与恶感,但难道在这篇小说中我不是从头到尾都在反对虚假?难道这不是倾向性?"安东·巴甫洛维奇是说他的小说《命名日》。普列什耶夫却没有在这篇寄给他的小说中看到"倾向性"。在另外的两封信中,契诃夫试图回答对于冷漠的指责:"我不是自由主义者,不是保守主义者,不是渐进论者,不是僧侣,不是冷漠主义者……我憎恶一切形式的虚伪和暴力;我既讨厌宗教事务所的书记,也讨厌诺托维奇和格拉道夫斯基之流……我以为招牌和标签都是偏见……""当然,我的小说中平衡正负关系的努力是可疑的,但要知道,我并不是在平衡保守主义与自由主义,这些对我并不重要,我关注的是人物的虚假和真实。"自由主义分子诺托维奇出版《新闻报》,他在政治倾向上自然要比《新时代》强,但契诃夫对普列什耶夫说的是另一个话题,他说了对一切虚假的憎恶,说了对一些自由主义资产者的憎恶,他们一边喝着香槟酒,一边在做出庆祝农奴"解放"的样子。这里难道存在作者契诃夫对于自己的小说人物和人民命运的淡漠?

可以理解普列什耶夫和他的朋友们对于契诃夫的不公

正的指责，他们的指责是基于一种公民激情。但把契诃夫视为中立的、冷漠的作家的观点一直存在到今天。我面前有一本拉菲特的书，书名是《契诃夫说契诃夫》，1955年出版于巴黎。书中当真有不少来自契诃夫的书信与作品的引文，但拉菲特自己也有言论，请看她的一些论述："他爱人吗？看来，所有他不认识的人，对于他来说不过是审美接受的对象。如果人长得漂亮，或是走进了漂亮的风景里，他对他们会有好感。在相反的情况下，他的言辞总是很尖锐，不友好……到处都是丑恶的嘴脸，契诃夫对待他认识的人的态度也很冷漠。如果他总有一群崇拜者包围着，如果他家里常有来访的客人，如果有很多人称他是自己的朋友，那么实际上他并不拥有朋友……他对病人的态度也很冷漠。是接近于反感的冷淡……包括他本人在内，都承认存在这种蕴含着对人的敌意的冷淡……他有向善的冲动，但同时他又歧视人，看不起那些让人快活的东西……总的来说，契诃夫对于女人的憎恶可能甚于对于男人的憎恶。在他创造的女性群像中，我们能看到一些泼妇、一些心肠恶毒的女人和一些虽然温良但毫无主见的牺牲品……作为一个无比自由的艺术家，契诃夫坚决地摈弃了意识形态的枷锁，这个枷锁在很大程度上降低了柯罗连科和谢德林的文学作品的价值……契诃夫以他的洞察力，尤其是以他不动声色的冷静区别于他的很多前辈……"我之所以把拉菲特的这段议论引证出来，是因为这番议论说明，有些"精神中立"论的拥戴者在有关作家的社会责任与艺术本体的相互关系问题上是如何的混淆不清。

1888年契诃夫写信给苏沃林说："解决局部的专业性问题，不是艺术家的任务。艺术家去干一些他并不了然的事情是不好的……艺术家观察，选择，收集，分析——这些已经意味着提出了问题，如果一开始就没有给自己提出问题，便没有分析的对象，也没有选择的目标……您向艺术家提出严肃对待自己的工作的要求是对的，但是您混淆了两个概念——解决问题和正确地提出问题。艺术家只能完成第二个任务。"在另一封信中，契诃夫说："艺术家不应该成为自己的人物和他们言论的法官，他仅仅是一个冷静的见证人。"也许是这句话让很多研究者不知所措？一年后，契诃夫回答苏沃林的指责，说："您指责我对善与恶漠然置之，缺乏思想与理想。您希望我在描写一个盗马贼的时候要说：盗马是有罪的。但这不用我说也都明白。就让法官来审判他们好了，而我的任务，仅仅是把他们的真实表现出来……当我在写作的时候，我意识到，读者自己能补充在小说中没有明确写出的主观性成分。"

如同契诃夫早期创作中出现的戏剧性情景：苏沃林这

个地地道道的没有原则的人，却在把一个也许是俄国作家中最有良知的人说成是一个对理想、对善与恶漠不关心的人。但问题不在苏沃林。作家也可以是个传道者，是个演说家，是个裁判员，拉菲特的错误是在于她以为公民的激情会降低谢德林的作品的艺术价值。相反，这些公民激情反倒帮助了他的才华的发扬光大，要是没有这种激情，他未必能找到自己的恰当的语言，未必能创作出像《一个城市的历史》和《戈洛夫廖夫一家》这样的长篇小说，也就未必有谢德林。然而，也有这样的作家，他们在自己对待生活的态度上也有同样的激情，他们同样也有思想与理想，但他们不是用宣言、用申诉的方式来表现这些思想，而是把它们展示在被他们描写的人物的内心世界中。这样的作家不会自己跑上舞台，不会用自己的议论来打断人物的对话，戏剧情境本身、这个和那个人物会替文学作品的作者代言。难道提出问题本身不能显示出提出问题的人的某种立场？

契诃夫说，作家在法庭上不是法官，而是冷静的见证人。法官的角色属于人民，即今天和明天的读者。我想这个见解大家都能赞同。契诃夫认为他的读者是成熟的人，他给他们提供了他从自己作品的冲突性的内容中做出相应结论的可能性。顺便说一句，这些读者对于契诃夫作品的理解,比某些教条主义的评论家的理解更高明。难道"冷静的见证人"能等同于事不关己,等同于冷漠的人?我引证《苏联详解字典》的词条:"冷静的,是指没有先入之见,拒绝偏见,而善于走向正确结论的。"在法庭上有控方的见证人和辩方的见证人,但他们都必须讲真话,也就是不能歪曲他们的所见所闻,可以把作家称作控方或辩方的见证人,不是因为它可以依据自己的思想倾向去歪曲作品人物的思想、感情、行为,而是因为他像法庭上的见证人一样,他见到了别人没有见到的东西。契诃夫从来不提供虚假证词,从来不背离现实和生活真实。但在表现活生生的人的时候,他不掩饰自己对待善与恶、对待思想与理想的态度,他以控方和辩方的见证人的身份出现,但永远说真话,既不去给加害人抹黑,也不给受害人涂脂抹粉。

小说《跳来跳去的女人》尽人皆知,而且对谁也不是秘密:契诃夫的同情是在质朴、勤奋而善良的迪莫夫医生一边。但是,在表现奥尔加·伊凡诺芙娜的"跳来跳去"的作风时,作者并没有夸大她的缺点——她爱名人,她忍受情人的粗鲁,而当迪莫夫感染了白喉病,她就有了悔悟:"……她觉得自己可恶而可怕。她忽然深深地感到对不起迪莫夫,对不起他对她的无边的爱情,对不起他的青春生命……"契诃夫说,当迪莫夫死去的时候,奥尔加·伊凡诺芙娜明白了，他是个"不平凡的，少有的……伟大的人"。列夫·尼古拉耶维奇·托尔斯泰很欣赏《跳来跳去的女人》这篇小说，他说："感觉到，丈夫死后，她还将是个跳来跳去的女人。"契诃夫正是想这样表现，但他把小说结尾在迪莫夫去世的当天，就是在这一刻，奥尔加·伊凡诺芙娜不像个跳来跳去的女人。

契诃夫从来不是一个旁观打架斗殴的冷漠看客，他从来不是一个关心一汪血水是否会渗入乡村风景的文人。

有一次契诃夫幽默地说道，他写过各种各样的文学题材样式，只是没有写过诗、长篇小说和匿名信。他也没有写过醒世的寓言。在他的小说与剧本中，没有需要向读者解释作者构思的最终的题解。他一生佩服列夫·托尔斯泰的艺术天才，常常阅读《战争与和平》《安娜·卡列尼娜》。《复活》问世之后，契诃夫说："这是一部杰出的文学作品。"但小说的结尾他认为缺乏说服力："写着写着，最后把《圣经》抄进了小说里，这就有点儿神学气了。抄引《圣经》就像把犯人划分为五个等级一样的不合逻辑。为什么划分为五级而不是十级？为什么用《圣经》而不用《古兰经》？应该首先迫使人相信《圣经》，相信它是真理，然后再引证《圣经》。"契诃夫在很多方面教育了千百万人，但他从来没有说教过。

那些大谈契诃夫的冷漠的人，很明显不理解他的天才的特质。这些特质当然是个性化的，与安东·巴甫洛维奇的性格密切相关，与此同时，它们也与艺术的本质不可分割。努力去理解这些特质，就意味着去理解契诃夫的影响力——对于他的同时代人的影响力和对我们这个时代的人的影响力，不论他们是俄国人，还是日本人，还是英国人。

译者说

　　这一章的主要内容是爱伦堡替契诃夫辩诬。各种各样的评论家都曾经倾向于把契诃夫描述成一个"冷漠的人"。爱伦堡引证契诃夫本人的言论加以反驳。契诃夫1890年4月10日致《俄罗斯思想》主编拉甫洛夫的信是常被研究者引用的。但爱伦堡在引证之前写了一段可以让读者更能认识到这段引文意义的话:"契诃夫善于默默地承受委屈,或是一笑置之。只是有一次他发怒了。他给各种各样的人写过几千封信,这些信的调子或是戏谑的或是忧伤的,在所有的契诃夫书信中,有一封信传达出了安东·巴甫洛维奇的愤怒。当自由主义杂志《俄罗斯思想》把契诃夫归入'无原则文人'的行列时,契诃夫愤怒了,他给这本杂志的主编拉甫洛夫写了封信……"此外,爱伦堡在正面解释契诃夫关于艺术家"仅仅是一个冷静的见证人"这一观点时,强调指出,这个观点不仅与契诃夫个人的"性格密切相关",

而且也与他理解的"艺术的本质不可分割"。契诃夫的艺术的魅力与影响力也正源于此——"契诃夫在很多方面教育了千百万人，但他从来没有说教过。"

关于契诃夫的政治倾向，有些评论家试图给他贴上种种带有政治色彩的名目。爱伦堡不赞同给契诃夫贴上这类社会学的标签，而是下了这样的判断："安东·巴甫洛维奇都是站在真理的一边，站在人的一边，站在人民的一边。"

三

　　重读契诃夫的作品，我不由自主地会去翻阅他的书信，去凝望他的照片，去思考安东·巴甫洛维奇。人们在谈论一位艺术家的杰出才华时，常常把这些与他的人格和内在性格特质割裂开来。然而，在艺术中起作用的不仅是才华，不仅是世界观和环境，艺术家的品性和性格也起很大作用。我敢说常有并不太善良的天才作家，常有傲慢的天才。每个小学生都知道，巴尔扎克是个伟大的作家，我也不否认这点。但我认为，巴尔扎克缺少对人的爱与温情。当然，他怀着很大的热情，关注着自己的人物的命运，但他们是他创作的剧本的演员，是悲剧陈列馆的展品，是奇异的鸟禽，等等，他们绝不是能引起人们同情的让人感到亲切的人。他对社会等级的热衷与他的经历有关，而他的经历又决定于他的性格。巴尔扎克写信给得病的母亲说："记住，我没有还清债务，你也得自己活着。"所以他能够那么深刻地描写高布赛克、拉斯蒂涅一类的人物。而蒲宁的一些作品不也有时以冷漠与残酷让我们大吃一惊吗？不要把这一切都归结为时代的特征或题材的性质：司汤达乃是巴尔扎克的同时代人，《红与黑》里的人物与巴尔扎克描写的人物混迹在同一个社会环境里；契诃夫的《农民》或《在峡谷里》的小说人物住得离蒲宁的《农村》并不远。

至于说到缺乏谦虚，这样的例子不胜枚举。我不说天才，人们可以反驳我说天才无需谦虚。比如瑞典作家斯特林堡无疑是个天才作家。他的作品拥有很多读者，他对自己的同时代人也产生过不少影响。斯特林堡是个狂暴的人，他一生中改变过很多次信仰，而且要求读者把他每一次选择的道路认为是唯一正确的选择——无论是他热衷于社会主义的时候，还是醉心于神秘的天主教教义的时候，还是他把世间的一切罪恶都归罪于妇女的时候。

如果不是像拉菲特这样的评论家试图证明契诃夫是个冷漠的人，我就不想谈论他的善良。拉菲特说契诃夫只是在自我强制的情况下，才去做一些公益的事。她说这些主要是依据契诃夫的书信中的一些话，比如，契诃夫说作家、读者和病人都让他感到厌恶，说他自己是个恶人。但要知道契诃夫也同样说过自己是个懒人、是个没有才华的人，说他所写的东西毫无价值，说他像个落水的人、他的笑话不能让任何人开心、他的悲剧性的故事不能打动任何人,说他是个不可救药的无能之辈。然而不仅是文学研究者,即使是小孩子,也应该知道这些自我贬低的言论来源于他的无以类比的谦虚。

所有与安东·巴甫洛维奇相识的人都写过关于他的非凡的善良。叶尔帕捷耶夫斯基说:"与契诃夫有过亲密接触的人都知道,在他身上有如此多的善良的怜悯心,他在生活中做了多少不事张扬的善事。"谢尔基柯说:"他的谦逊、善良、待人接物的风度让各种年龄和职业的人对他产生了好感。"费多罗夫说:"他是非常善良的人。"拉扎列夫-格鲁齐斯基说:"契诃夫是我一生中见到的人中最富同情心的一个。对他来说,不存在常人为了独善其身而遵循的行为准则:'我家在村外,我什么也不关心。'听到有人遇到灾难与麻烦,契诃夫认为首先要去问问:'我能否帮帮忙?'"在那个年代成长起来不少小说家,安东·巴甫洛维奇行过医的地方的居民、医生、演员、朋友都说过类似的话。如果契诃夫没有这样少有的善良本性,他就写不出他已经写出来的这些作品。

他的谦虚有口皆碑。这个谦虚的品性决定了他的创作的特质。在自己的作品中他最怕情绪化的激情,情感失控,夸大其词。他只写他熟悉的东西:存在着契诃夫式的题材和契诃夫式的人物。

读过托尔斯泰的小说《克莱采奏鸣曲》后,他像以往一样地赞美托尔斯泰的艺术力量,但在给普列什耶夫的信中,他补充说了一句:"……有一点儿我不想宽恕作者,那就是托尔斯泰议论他并不了解的课题的勇气,而且他顽固地不肯承认这一点。"在有一封信中说起了陀思妥耶夫斯基的一部小说:"写得很好,但太长了,不够含蓄。很多说教。"他很快发现了高尔基的才华,但也在一封信中告诉高尔基:"……我以为,您不知道含蓄。"在这种逃避说教、逃避夸张与作秀的矜持中,显示了作为一个人和作为一个艺术家的契诃夫的本质。

契诃夫成熟期的有些作品我认为要比其他作品逊色,但其中也没有一篇作品是冷漠的、不真实的。他年轻时说过,作家的艺术不仅在于会写,还在于会删去写下来的:这是契诃夫的写作艺术。但他不仅删去句子或是章节,他还善于放弃对于他不了解的或缺乏感受的事物的描写,这涉及了契诃夫的良知。在自己的创作道路的开端,他幻想着做一个"自由的艺术家",很快他明白了,除了粗鲁的沙皇政权的书刊审查之外,还存在着来自艺术家自己的审查,他的良知的审查。它不仅为我们提供了令人惊叹的精神上的豪放的典范,他也为我们提供了同样令人惊叹的自我约

契诃夫与托尔斯泰

契诃夫与高尔基

束的典范。

拉菲特在否认契诃夫人性的同时，承认他是个展现国家与时代风貌的大艺术家："契诃夫的俄国比格里鲍耶陀夫、果戈理、屠格涅夫或托尔斯泰的作品中的俄国更现实、更具体，甚至更辽阔。他的作品能够把1880—1900年间的俄国生活的全景再现在最精细的细节中。"我想安东·巴甫洛维奇如果读到这样的赞词会发出尴尬的苦笑的。他的作品最不像宽阔的全景，如果他表现了很多事物，那也不是作为一个狂热的编年史家去表现的，他善于不去表现很多事物。在19世纪末叶的俄国难道没有精力充沛和聪明过人的资本家？没有一帆风顺的投机家？没有忠心耿耿的革命家？没有不问"政治思想"但在本专业领域成绩卓著的科学家？这是一个被列宁在他的《资本主义在俄国的发展》一书中描述的世纪，是一个大罢工、大学潮的世纪，是一个工人运动大发展的世纪，是一个出现大科学家巴甫洛夫和梅契尼科夫的世纪。契诃夫没有表现很多事物，倒可以把鲍鲍雷金等19世纪末的多数小说家的作品归入"全景"之列，这些小说留给我们的仅仅是一些褪色的社会图像的大相册。当然，契诃夫写了很多短篇小说，写了一些中篇小说，还写了几部剧本，如果编制一个人物表，那将是一个很长很长的人名录。但是在我看来，他的所有作品是一部长篇小说，其中的人物变换着职业、外貌与姓名，但终归还是一个人。契诃夫说："艺术之所以特别而且美好，是因为它不容许说谎……可以在恋爱中说谎，可以在政治中说谎，可以在医学中说谎，可以欺骗任何人，甚至可以欺骗上帝——这样的事情经常发生——但不能在艺术中骗人……"有的评论家常批评作家说：你为什么不写这个，不表现那个？……契诃夫说："有人指责我，甚至托尔斯泰也指责我，说我写小事，说我没有正面人物，没有革命者，没有英雄豪杰，甚至没有列斯科夫小说里的清廉的警察局局长……"契诃夫只写他熟知的，他理解的，能表达出自己见解的东西。他有几次出国旅行的经历，他在尼斯住过很长一段时间。可以想象，一些在巴黎、罗马、威尼斯、尼斯甚至是在锡兰逗留过的小说家会写出多少篇关于海外生活的小说来，而契诃夫只是用几行字描述了《匿名者的故事》里的俄国人在威尼斯的精神痛苦和《阿里阿德涅》里的俄国人在阿巴齐亚的精神痛苦。当契诃夫在尼斯过冬的时候，《世界》杂志的编辑请他写一篇反映海外生活的小说，他拒绝了。他给《世界》杂志写了一篇小说《在熟人身边》，故事不是发生在尼斯，而是发生在俄国的库兹明卡，小说里表现的是为他所熟悉的人物与生活。

1889年底契诃夫决定完成一次在当时是极为艰苦的到

萨哈林岛的旅行。有几位朋友出来劝阻他。安东·巴甫洛维奇在书信中不能（或者是不愿意）解释他决定远游的原因，他只是半开玩笑地说，想克服一下他的懒散；有时也说，他是个医生，他在医学面前负有责任。

契诃夫去了萨哈林岛，回来之后，评论家们继续在猜谜：有的说契诃夫在自由知识分子中有"无原则"的恶名，这次远行是他想回到正确的道路上来；还有些人刻薄地断定此举是一位写幽默小说的作家"寻找病态的知名度"。从契诃夫远行至萨哈林岛至今已过去了70年，但文学研究者们直到今天还在众说纷纭地解释促使安东·巴甫洛维奇到这座流放犯聚居的小岛上去的原因。有的人认为这次旅行与他文学创作上出现的危机有关系：在远行之前不久，契诃夫给朋友写信说他对自己写的一些短篇小说和中篇小说不满意。另一些人则把这次萨哈林岛之行称作一种功勋，他们说，安东·巴甫洛维奇这之前因为感觉到自己在社会活动方面的无所作为而痛苦着。

我认为，契诃夫的萨哈林岛之行和他的生活不可分割，这进入了他的人生履历，进入了他的创作之中。也许，契诃夫写的《萨哈林岛》一书和他还没有写出来的有关此次远行的一切，能很好地向我们展示出安东·巴甫洛维奇的精神品质和他对于艺术的态度。

1890年春天,在前往萨哈林岛之前,契诃夫(前排中)与家人、朋友在莫斯科居所的门廊上

"人道主义者"一词,像很多其他的词语一样面临着贬值的尴尬:人们那么经常地说这个词儿,让它失去了自己的价值。真的,如果在任何一篇文章中,都把19世纪俄国文学定性为人道主义的文学,那么我把契诃夫称作人道主义作家并不会让读者感到惊奇。然而,契诃夫恰好比19世纪的很多伟大作家更担当得起"人道主义者"这个称谓。对于安东·巴甫洛维奇来说,文学首先是保卫人和保卫人身上的人性。1898年,当契诃夫因为德雷福斯案件与苏沃林展开争论的时候,说了这样的话:"……作家的任务不是起诉,不是侦办,而是辩护,甚至为有罪的人做出辩护,既然他们已经被起诉,已经被定罪……没有作家的参与,天下已经有了足够多的公诉人、检察官和执法的宪兵,还是辩护人的角色更适合于他们。"正是这样的对于作家职责的理解,决定了契诃夫要到萨哈林岛去做一次旅行。

当然,契诃夫精神上在成长,在发生变化,但我还是认为有些传记作家把他分成几个阶段的做法是人为的,那就是把契诃夫分割成1886年得到格里戈罗维奇来信之前与之后的阶段,以及把他分割成萨哈林岛之行前后两个阶段。契诃夫的一个最震撼人心的小说《没有意思的故事》是在萨哈林岛之行前的1889年写成的。仅此一个事实就能驳倒这样一个论断:1889年是契诃夫精神危机的一年。的确,在1889年契诃夫曾这样谈论自己:"……在我眼里,没有一行字具有严肃的文学意义。"但类似的话也可以在契诃夫远行萨哈林岛之前和之后的书信中找到,这些言语只是说明安东·巴甫洛维奇的谦逊以及他对自己的永远不能满意。至于把萨哈林岛之行视为契诃夫创作的"转折点"的观点,我也以

《萨哈林岛》初版扉页(1895)

为没有真实的依据。安东·巴甫洛维奇于萨哈林岛之行前的1887年动笔写《匿名者的故事》,但没有写完,搁下了,到了1891年他重新续写这篇小说。《匿名者的故事》就像是《没有意思的故事》的延续:齐娜依达·费多罗芙娜像《没有意思的故事》里的卡嘉一样,在寻找生活的真理与意义,在寻找"总的思想",而那位不走运的男主人公就像那位老教授一样,不知道该如何回答提出的问题。

契诃夫写作那本关于萨哈林岛的书写了很久——从1891年初到1893年,在这段时间他也写了不少重要的作品——《决斗》《女人》《古雪夫》《第六病室》《匿名者

《萨哈林岛》中的照片

《萨哈林岛》中的照片

《萨哈林岛》中的照片。照片中戴镣铐的女犯是俄罗斯传奇女盗索菲亚·伊万诺夫娜·布柳夫斯坦

的故事》等。安东·巴甫洛维奇说,关于萨哈林岛的写作对他来说很困难:"我写了很久,想了很久,当我终于发现了虚假之后,才意识到自己走在歧路上。这个虚假就在于我似乎是想用我的《萨哈林岛》来教育什么人,与此同时,又想掩盖些什么。而当我开始把自己在萨哈林岛上像怪人一样的自我感觉写了出来,把岛上那黑暗的情状写了出来,我就有了轻松的感觉,写作也进展得顺畅了……"契诃夫最怕虚假、高调、说教。他的《萨哈林岛》与其说是一个艺术家的札记,毋宁说

是一个医生的报道。他从书中剔除了一切他以为是过于戏剧性的、离奇的东西。他遇到过几位流放者,他们在彼得堡的庭审过程曾轰动一时,他们的命运会引起人们的关注,但契诃夫一点也没有写到他们。他写得很简洁,甚至有些枯燥,用了不少数字,他是写他的所见所闻,写狱吏的冷酷,写刑法的花样翻新,写流放犯子女的

萨哈林岛儿童图书馆门前的《萨哈林岛》纪念雕塑

萨哈林岛上的契诃夫文学图书博物馆

悲惨命运,写流放犯的慢性死亡。书中有一章叫《叶戈尔的故事》,它可以成为一篇中篇小说的,但契诃夫有意识地克制了自己的艺术表现,生怕对于人物的艺术性描写会让人对《萨哈林岛》的纪实性产生怀疑。

　　以契诃夫的文学作品为例,说起萨哈林岛之行对于契

诃夫的影响，一般会记起在叶尼塞河畔的那个可怕的夜晚，记起流放犯雅可夫·伊凡内奇的痛苦思绪，他凝视着"轮船的白光"，"看到了黑暗、野蛮、冷酷和人的牲畜般的淡漠"（《凶杀》）。也会提及那篇优美的小说《在流放中》，小说中有个像孩子一样可爱而善良的鞑靼人，他有一段热烈的话语："上帝创造了人，是为了让他成为活生生的人，既有欢乐，也有痛苦，而你一无所求，这说明你不是个活人，而是块石头或泥巴！"是的，不过这仅仅是12卷书里的12页……难道萨哈林岛之行对于契诃夫创作的影响仅仅局限于此？安东·巴甫洛维奇在萨哈林岛上看到了很多。《萨哈林岛》一书起到了作者想要起到的作用。作为一位医生、记者、公民的见证，这本书给俄国的文明社会留下了深刻印象。沙皇政府也被迫派遣一些专家到萨哈林岛去视察，流放犯的处境得到了一定程度的改善。谁也不会说《萨哈林岛》写得比契诃夫的文学作品"更好"或"更鲜明"。如果说《萨哈林岛》这本书能导致1000个人的虽然不大但毕竟很现实的生活的改善，那么谁也无法确切地指出像《没有意思的故事》或《第六病室》《在峡谷里》这样的作品对19世纪末的俄国社会产生了什么具体的影响，这涉及了报告文学与文学艺术的影响力的差异。报告文学触及社会生活层面，指明社会生活中的缺陷，以期得到改正。文学艺术揭示人的内心世界，它的作用更深入，但并不直观，因为文学艺术改变的不是生活秩序，而是处于这种生活秩序中的人。

契诃夫在萨哈林岛上看到了些什么，我们可以从他那本纪实的书里得到答案，至于他在这次远行中的心灵体验，我们就只能猜测了。在他回到莫斯科10天

契诃夫写给苏沃林的信

之后,写信给苏沃林说:"到萨哈林岛去之前,托尔斯泰的《克莱采奏鸣曲》在我眼里是个了不起的东西,而现在我觉得它很可笑,没有条理。不知是因为这次远行之后我更成熟了,还是失去了理智……"安东·巴甫洛维奇的朋友、文学家什格洛夫说,萨哈林岛之行后契诃夫的性格发生了变化,他变得更亲切,更认真。当什格洛夫把自己的这一观察发现告诉契诃夫之后,契诃夫回答说:"是的,我在那儿看到了很多……我对很多问题有了新的看法。"舍普基娜-

库彼尔尼克回忆说，安东·巴甫洛维奇有一次做梦，梦见了流放地的可怕景象，梦见了对流放犯的鞭笞。他从恐怖中惊醒了。可以理解，萨哈林岛进入了契诃夫的世界。对安东·巴甫洛维奇的艺术观缺乏了解的人会感到奇怪，为什么契诃夫没有给我们留下一些以他在萨哈林岛上的所见所闻为创作素材的中篇小说和短篇小说。

有不少作家出外旅行，说是去"寻找素材"，甚至还出现了"创作出差"这个词语。我不打算评论作家从事创作的方法，读者看重的不是方法而是结果。我只是想说，"创作出差"或"创作旅行"的概念没有进入作为艺术家的契诃夫的心灵世界。他写的那本关于萨哈林岛的书，不是文学作品，而是一个有良知的、诚实的医生写的目击记。

为了更明晰地指出安东·巴甫洛维奇对待他的文学创作的态度，我不把他与无名的享有创作旅行资格的作家做比较，而是把他与法国的大作家、契诃夫的同时代人左拉做比较。

左拉无疑对现代社会小说的发展产生了很大影响。如果要说他的一系列小说所涉及的内容，那么首先要承认，他是第一个在文学艺术中表现了无产阶级的斗争的作家。左拉曾认真地阅读过马克思的著作，与法国工人党的领袖盖德有过交流。如果说到小说的形式，那么左拉也是一个真正的创新者,他借鉴电影的蒙太奇技巧,把情节从一个地方转移到另一个地方,用特写镜头来转换群众场面。他的创作方法与契诃夫不同,左拉在写作一个他认为是重要的小说题材时,会立即去寻找资料。在决定写妓女娜娜后,左拉这位在私生活中像清教徒一样的人,也到妓院去寻访,把他不知道的生活细节记在笔记本上,引起在场的人的一片哄笑。

1884年2月,左拉开始写作《萌芽》。他来到法国北部的矿区,深入矿井,观察矿工们在德宁的罢工,把资料搜集好后,坐下来写作。

1891年春天,左拉坐车去色当,决定写作《崩溃》。在9天时间内,他与当地的老居户交谈,寻访战场,带回了收集到的资料,才坐到了书桌旁写作。

在写作《土地》的过程中,左拉到博斯待了6天,后来又去了沙尔特尔,雇了辆马车,带着笔记本,到多家小酒店去探访,记录见闻;此外还在报章杂志上,寻找有关农民问题的资料……

能够否认这样的写作小说的方法对于左拉来说是合乎逻辑的吗?但契诃夫不满足于走马观花式的寻访观察,他只写他知道得非常透彻的东西,他感兴趣的不是外在的现象,不是偶尔听到的几句俏皮话儿,而是人的内心世界,他描写的是别人看不见的东西。《萨哈林岛》一书属于契诃夫的社会活动,可以把它比作左拉对于无辜的德雷福斯的辩护。而如果左拉到过卡耶恩——这个法国的萨哈林岛,他大概还会写一部长篇小说的。左拉的世界比契诃夫的世界宽阔,这个世界容纳了更繁杂的各色人物,这个世界更宽阔,但表现得却更表面化。如果我说,即使是在法国,契诃夫的影响现在也要比左拉的影响更为深远,那也不会让任何人感到惊讶。

作者体验过的生活对于其创作的影响是很难说清楚的,我以为萨哈林岛反映在契诃夫的很多文学作品中,这些作品的情节发生地点是俄国的中央,是莫斯科,是庄园,是农村,是高加索的海岸,这些小说人物并没有被戴上脚镣手铐。我的这个看法也许有人认为很古怪。

他了解的世界,在他笔下会表现得不容置疑的准确。库普林写道:"契诃夫的外在的、机械性的记忆力并不突出。我说的是那种过于琐碎细节的记忆。女人和农民最擅长这类记忆:记住那个人的穿戴,记住那个人是否留胡子、表链的样式、靴子的成色,头发的颜色都能记得住。但对于契诃夫来说,这些细节并不重要,意义不大。"我认为库普林说得并不完全正确,契诃夫能够把细小的细节表现得非常出色。完全可能,他记不得一位昨天把一份稿子塞给他的青年剧作家的发型,或是他记不得上个星期向他要安眠药的女人的穿戴;但那位剧作家和那个女人都可能成为他作品里的人物,而他对自己作品中的人物的一切都知道得很清楚。比如他因为斯坦尼斯拉夫斯基没有一下子理解《海鸥》里的特里哥林的外表而感到失望:"他穿方格条纹的长裤,皮鞋是带孔的……方格长裤,抽香烟……"他深知,万尼亚舅舅善于选择和西服相搭配的领带。对契诃夫来说,领带或长裤也关联着人物的形象,关联着他们的内心世界。

他对"大概如此"的恐惧不亚于对于一无所知的恐惧。他的最后一部小说《未婚妻》的命运很能说明问题。到了1903年,在俄国已经可以感受到涤荡大地的风暴的临近:80年代和90年代已经过去。病中的契诃夫住在雅尔塔,这个城市休闲的气氛压迫着他。他写了小说《未婚妻》,他写了一个精神力量很强的好姑娘,她想摆脱小市民生活的环境,走向革命的道路。看来,他并不认为纳嘉这个形象对他是新鲜的、特别的:"这样的小说我已经写过,写过多次,这里没有什么新鲜的。"与革命阵营有所联系的作家维列萨耶夫读过《未婚妻》的校样,对契诃夫说:"安东·巴甫洛维奇,少女们不是这样走向革命的。像您的纳嘉这样的少女是不会走向革命的。"一个月过后,契诃夫通知维列萨耶夫说:"我对小说《未婚妻》已做了删削,改在了校样上。"

契诃夫很了解自己的女主人公,他最怕虚假,他不会去改变她的性格——他塑造自己的人物,不是根据计划,不服从于情节,而是在人物的身上注入自己的一些血肉和自己的全部生活经验。小说果真"删削"了。在最初的稿本中,那位名叫萨沙的青年人,见到纳嘉向往着另一种生活,就建议她到彼得堡去。半年过后,他们在莫斯科见了面,听了少女对她的新生活的叙述之后,萨沙说:"很好……我很高兴。您不会后悔,不会失望的,我向您保证。好了,您就算做了牺牲,这也是需要的,没有牺牲不行,没有下边的梯级,成不了楼梯。因为这个牺牲子孙后代会说声谢谢的。"而在最后的定稿本里,在莫斯科的会面中,萨沙不再说那些大话了,而是在劝说纳嘉去彼得堡的时候兴高采烈地说:"我向您保证,您不会后悔,不会失望的……您走吧,您去上学,到了那里,就听凭命运的安排好了。当您把生活翻了个个儿,一切都会有所改变。重要的是将生活翻个个儿,其他的一切便不用顾及。"契诃夫不知道纳嘉的命运究竟会是什么样,他删掉了过于绝对的关于"牺牲"的话语,让她自己去选择自己的道路。在《未婚妻》的写作过程中可以看见契诃夫在艺术上的真诚。(至于作者关于这篇小说中似乎没有什么新意的自白,应该视为他的谦虚、他的对于自己作品恒久的更高要求。)当然,纳嘉还没有做什么能够让别人的生活"翻了个个儿"的事情，但这是契诃夫的第一个女主人公，她已经在自己身上找到了把自己的生活翻个个儿的力量。《未婚妻》的女主人公做了些什么？她拒绝出嫁，拒绝嫁给一个她并不喜欢的大司祭的儿子，她违背母亲和祖母的意志，来到了彼得堡，在那里上了学堂，就是这些。当然，在纳嘉的周围会有千百个比她的经历更为英雄主义的少女存在着，但为什么《未婚妻》还在继续激励着我们？为什么我们对契诃夫的书爱不释手，尽管书里写的好多是早就被称作"灰色调"的那个时代的"没有意思的故事"？

艺术家可以在很小的、很日常的事物中揭露出很宏大的东西，他也可以把很宏大的东西变成某种很小的、很虚假的东西。问题甚至不在才情的大小上，而是在于对艺术规律的遵循——在于艺术的真实上。伦勃朗给低贱的小商人作画，戈雅的模特是西班牙上流社会的低能儿，当伊凡·伊凡诺维奇和伊凡·尼基福罗维奇在争吵的时候，在俄国生活着普希金、别林斯基，当然还有描写这两个伊凡争吵的果戈理本人。18世纪末的法国充满着震撼世纪的大事件，与之相比，这之前的10年和这之后的19世纪二三十年代可以说是很平庸的时代。但不论是达维特的绘画，还是马里耶-惹齐弗·舍尼埃（诗人安德烈·舍尼埃的哥哥）的古板长诗，都无法与沙尔登的绘画、博马舍的喜剧、狄德罗的《拉摩的侄儿》或是小说《红与黑》及浪漫主义诗人相提并论。这绝不能得出发生过大的历史事件的时代不利于艺术创作的结论：充满革命、战争与科学发现等大事件的文艺复兴时期给我们留下了杰出的艺术作品，而很多灰色的历史时代在艺术中也没有什么像样的艺术作品。为了避免误解，我重复一句：艺术家可以赋予露珠以大海的深邃，却不能说露水深过大海，不能说伟大的生活不利于艺术创作。乔治·桑被美丽的思想所吸引，而且谁也不会说她是个没有才情的人，但她的小说比她本人衰老得更快。大概还有不少比契诃夫更宏伟的作家，但大概在世界文学中，没有一个比他更诚实、更低调、更真实的作家，这就是为什么读者对他怀有永不衰减的爱。

译者说

爱伦堡在这一章里除了反驳一些论者对于契诃夫的片面认识外,集中地从正面宣讲契诃夫的文学观。比如,他的"艺术真实观":"艺术之所以特别而且美好,是因为它不容许说谎……"

爱伦堡认为,决定一位作家创作风貌的不仅是时代的环境和作家本人的才情,而且在相当程度上取决于作家的精神品质。因此说决定契诃夫作品品格和价值的,是他迷人的性格。因为他谦虚、诚实,所以他不会去写他并不熟知的大事件,而仅仅是写他熟知的生活;因为他善良,所以他的作品具有穿透时空的人道主义精神。他甚至说:"如果契诃夫没有这样少有的善良本性,他就写不出他已经写出来的这些作品。"而这也是爱伦堡热爱契诃夫的原因所在。

这一章里有一段激赏契诃夫的文字值得注意:"……契

诃夫恰好比19世纪的很多伟大作家更担当得起'人道主义者'这个称谓。对于安东·巴甫洛维奇来说，文学首先是保卫人和保卫人身上的人性。"

还有值得我们注意的，是这一处论述："在这种逃避说教、逃避夸张与作秀的矜持中，显示了作为一个人和作为一个艺术家的契诃夫的本质。"

1890年的萨哈林岛之行，是会进入所有的契诃夫研究者的视野的。爱伦堡在这一章里发表了一些很独特的见解，比如他认为契诃夫虽然没有写过直接取材于萨哈林岛流放地生活的小说，但他"以为萨哈林岛反映在契诃夫的很多文学作品中，这些作品的情节发生地点是俄国的中央，是莫斯科，是庄园，是农村……"我觉得他的说法是有道理的。

四

像所有的作家一样，契诃夫常常在人物的口中放进一些自己的思想，又几乎像所有的作家一样，不喜欢人家把他的作品人物体现出的思想当成他本人的思想。他尤其慷慨地把自己的思想赋予了《没有意思的故事》中的小说人物尼古拉·斯捷潘诺维奇，他也尤其愤怒、非常不满有人把尼古拉·斯捷潘诺维奇的议论看成是他安东·巴甫洛维奇的思想："如果我向您提供了教授的思想，那么请相信我，别在其中寻找契诃夫的思想，求求您别这样做。在整篇小说中，只有一个思想，是我赞同的，那就是盘踞在教授的女婿——骗子格涅凯尔脑子里的想法：'这个老头发疯了……'其余的一切都是我的臆造……"这样的话也是出于契诃夫心灵的羞涩与矜持。尼古拉·斯捷潘诺维奇说出了契诃夫对于冷漠的态度："人们说，哲学家和真正的智者是冷漠的。这不对，冷漠——乃是心灵的瘫痪，是过早的死亡。"有些人想把契诃夫的力求做个冷静的观察者的意愿视为冷漠,但"冷静"永远不等于"冷漠"。契诃夫力图真实地展示自己作品中的人物,但他没有掩盖自己的好恶,他自己躲避虚假,虚假违反他的良知,也违反他对于艺术规律的理解。

自古以来就存在着不同的绘画艺术的形态,比如有版画,有彩画。版画艺术家知道黑白对比的力量,而彩画艺术家从来不采用纯粹的白色和黑色,甚至在面对白雪和丧服的时候也是这样。他往白色处掺入赭色、黑色,他在黑色处掺入白色与黄色,这决定于物体的受光与环境。在画幅上,白色表现起伏,而黑色表现凹处。时代在变化,画风也会发生变化。拉斐尔的画法不同于庞贝城的画家,伦勃朗不同于凡·艾克,马蒂斯不同于普辛。然而他们都知道,彩画不是版画。在契诃夫的作品中找不到绝对的白色和黑色。有时人们把这解释为那个灰色时代的特征。我以为更准确地应该视为艺术家的特点:并不是在他描写灰色的自由派的知识分子的作品里,而是在表现艺术和爱情的作品中,我们照样可以看见色彩的交融和情绪的多样。"现实主义"一词本身不能说明什么:写讽刺特写的谢德林,写浪漫主义小说的高尔基都曾经是现实主义作家。更准确地说,契诃夫力图揭示人的内心世界时,采用的不是版画的手法,而是彩画的手法，在他对他的前辈作家的评述中，能够很好地反映出他对于作为一个作家的任务的理解。他对屠格涅夫有很高的评价，他也坦承爱的并不是对爱情和情爱的表现。关于屠格涅夫笔下的女人，他做了这样的评价："……屠格涅夫的所有女人和姑娘都因其不自然和虚假而让人生厌。丽莎、叶林娜——不是俄罗斯的姑娘，而是些想入非非且自视甚高的女人。"我已经说过契诃夫对于托尔斯泰的崇拜。但在一部他心爱的小说中的某些片段让他大失所望："每晚醒来就读《战争与和平》。读得津津有味，好像以前从来没有读过一样。非常精彩。只是不喜欢拿破仑出场的篇章。只要拿破仑一出场，便出现尴尬，千方百计要证明他比他本人更愚蠢。彼耶尔、安德烈公爵，乃至微不足道的罗斯托夫说的、做的都很好，很聪明，很自然和让人感动，而拿破仑所思所想所做的一切，便不自然、不聪明和没有意义。"如果以为契诃夫这是不满意托尔斯泰对于拿破仑的批判性揭露，那就可笑了——安东·巴甫洛维奇既不喜欢战争，也不喜欢军事统帅，也不喜欢廉价的浪漫主义。他是不满意对艺术规律的违背：托尔斯泰的所有小说人物都写得很内在、很生动、很真实，而独有拿破仑写得有些外在，像是偶然地从宣传画上移植到艺术家的画幅上来的。

契诃夫爱憎分明，但他不美化他所爱的人，他也能在他不喜欢甚至为他所憎恶的人身上找到人性的因素。当有些评论家说（直到现在还在说），在他的对于人物的态度中感到冷淡，他们恰好暴露了他们自己对于真正的艺术的冷淡。

是的，安东·巴甫洛维奇不止一次说过，作家在创作时应该冷淡，蒲宁在引用这段话时补充道："当然，这是完全特殊的冷淡……因为在俄国作家中，没有多少人比契诃夫更具恻隐之心和心灵感应的力量。"契诃夫说的是什么样的"冷淡"？还是19岁的他写信给他的弟弟谈论《汤姆叔叔的小屋》："我曾经读过它，半年前我又仔细地读过它，读过之后感到非常不舒服，就如同吃了过量的葡萄干之后的感觉。"当然，年少的契诃夫的不满不是因为他赞同奴隶制度，他尽管赞同小说作者的思维，但也无法忍受艺术的虚假。在1892年，他竭力向年轻的女作家阿维洛娃解释说："我给您提一个作为读者的建议是：当您描写苦命的人和可怜虫，而且希望得到读者同情的时候，就要尽量冷淡一些——这能给别人的痛苦营造一种近似背景的东西，在这个背景的映衬下，痛苦会更加凸现出来。而在您的作品中，人物在哭泣，您则在叹息。是的，应该冷淡才对。"但阿维洛娃不理解"冷淡"这词的含义，安东·巴甫洛维奇便耐心地回到这个问题上来做出解释："我曾经写信跟您说过,在写作忧伤的小说时,要冷淡一些,但您没有理解我。在写小说的时候可以哭泣,可以呻吟,可以和自己的人物一起痛苦,但我以为,需要在做这一切的时候,让读者发现不到。"我想补充一点,契诃夫说这些话的时候,他正在创作《第六病室》。这个中篇小说震撼了和震撼着读者。能说小说作者不同情拉京医生和伊万·德米特里奇的痛苦吗?能说《第六病室》是一部缺乏激情与思想的作品吗?这部小说问世之时,列宁22岁,这是他读过小说之后的印象:"当我昨天晚上读完这篇小说,心里非常郁闷,我不能再待在房间里,我站起身来,走了出去。我有这样一种感觉,似乎我也被关进了第六病室。"

所有的契诃夫的人物——善良的和凶恶的,聪明的和愚蠢的,显赫的和渺小的——都是被内在地表现出来的。有时小说主人公自己来叙述(《没有意思的故事》《带阁楼的房子》《匿名者的故事》《阿里阿德涅》《关于爱情》等),这就给叙述者的思想与感情赋予了更多的可信性。但如果《带阁楼的房子》里的画家和《阿里阿德涅》的主人公只是展示自己,如果这些小说中热衷于奢华生活的任性的女人或是热衷于"小事"的刻板的女士是通过叙述者的视线来展示的,那么在《没有意思的故事》和《匿名者的故事》中,我们看到的是既能够展示自己生活,又能深入到别人的内

Алексею Максимовичу
Пешкову-Горькому
на память о нашем

ПАЛАТА № 6

встрече в Ялте,
19 октября 1899

Anton Чехов

契诃夫签赠给高尔基的《第六病室》

心世界的人。我有时能读到这样的观点,似乎《没有意思的故事》里的那位乏味的老教授和对自己的事业失去了信心的失败者,是被契诃夫用某种嘲讽的调子描绘出来的。然而作家分明把很多自己的思想和自己对于这些思想的理解赠送给了他们。

睿智的、有洞察力的、有慈悲心的教授,不仅向我们揭示了他自己的痛苦——衰老之痛,意识到了虚度年华之痛和对于"大同思想"的向往,也展示了他的养女——彷徨无助的卡嘉的内心世界。在小说的结尾处,卡嘉哀求他说:"帮帮我!……要知道您是我的父亲,我唯一的朋友!要知道您有智慧,有学问,有生活阅历!您当过老师!请您告诉我:我该怎么办?"教授回答说:"凭良心说,卡嘉:我不知道。"4年之后,契诃夫写了《匿名者的故事》。小说主人公符拉基米尔·伊凡内奇理解齐娜依达·费多罗芙娜这位出色的女性,他勇敢地冲破虚伪与庸俗的生活,他发现她的精神上的亮点。而在小说的结尾,我们又一次看到了内心崩溃的悲剧。齐娜依达·费多罗芙娜在痛苦中向她视为英雄的那个人求助:"您经历了很多磨难,您知道得比我多,请你好好想想,然后告诉我:我该怎么办?教导教导我。如果您自己已经无力前行和引领别人前行,那么您至少应该告诉我,我应该往哪儿走。"符拉基米尔·伊凡内奇像那位老教授一样，不能做出任何回答。这里没有任何嘲讽，这是对那个时代的准确描述，也是对人心灵的复杂心路的准确描述。

契诃夫能够人性地表现非人性。玛特维·萨维奇——小说《女人》的男主人公讲他如何同玛莎———位年轻士兵的妻子好上的，丈夫婚后不久就去服役了，他们同居两年之后,丈夫突然回来了。玛特维·萨维奇平静地对情人说："感谢上帝，现在，我说，你又可成为丈夫的妻子了。"玛莎不愿意回到丈夫身边，她爱玛特维·萨维奇，她想得到他的保护："我不愿意再跟那个讨厌的家伙生活在一起：没有那个力量！如果你不爱我，把我杀了好了！"玛特维·萨维奇痛打了她一顿……丈夫后来突然死了——不知是自己死于痛苦，还是被玛莎毒死的。在法庭上，玛特维·萨维奇做了不利于玛莎的陈述："我说，这是她的罪过。"玛莎被判了13年流放苦役。她的情人说："判决之后，玛莎在我们的监狱里坐了3个月牢。我去看望了她，我很人性，给她送去了茶叶与食糖。但她一看见我就浑身发抖，摇晃着双手，喃喃地说：'走开！走开！'"玛特维·萨维奇和他的"人性"的食糖是非人性的——他不理解什么叫爱情。他又"很人性"地收养了玛莎的儿子库兹卡，当他向孩子大叫大嚷的时候，库兹卡的脸孔因恐惧而扭曲了。所有这一切,让人觉得更加可怕与令人信服,这是因为这个故事是由玛特维·萨维奇自己叙述的:因为他给她送去了茶叶和食糖,然后又收养了孤儿。

在小说《罗特希尔德的小提琴》中,棺材匠雅可夫(他有时也拉小提琴)在妻子得病之后,用铁尺给她丈量身材,以备给她做棺材。在妻子死去之后,他坐在河边,痛苦地想道:"他弄不懂怎么会是这样的,在他生命的后40年或50年中,他一次都没有到这条河边来过,而可能来是来过,但从没有注意过这条河。要知道,这是一条很好的河,并不是那种不值一提的小河塘。他原可以到这儿来钓鱼,再把鱼卖给商人、官员和车站上的餐厅经理,然后把钱存进银行……为什么人总是做些他不应该做的事儿?为什么雅可夫一辈子都在辱骂妻子,向她挥舞拳头,向她吼叫,欺辱她?请问,为什么昨天晚上他要恐吓和侮辱那个犹太人?为什么人们总是妨碍彼此的生活,要知道这会带来什么样的损失!多么可怕的损失!"雅可夫的行为是非人性的,但在他身上存有人性。他能在小提琴上拉出如此凄苦的声音,以至于那个被他侮辱的犹太音乐家流下了眼泪,但有一个字眼叫"损失",这个字眼赋予了雅可夫的悔悟、哀愁、无法排遣的痛苦以一种可以震撼读者的现实性。

小说《在庄园里》的主人公拉什维奇欢迎来客——检

察官米耶尔。人们不喜欢拉什维奇,称他"癞蛤蟆"。他缺钱,需要把女儿嫁出去,但女儿没有未婚夫,因为没有人到他家去。就只有米耶尔例外……拉什维奇热烈地向客人证明,存在着白骨头和黑骨头,那些"脏脸的人"一无可取。吃晚饭的时候,他建议米耶尔和他采取一致行动,打退"脏脸的人"的进攻:"对准丑脸!对准丑脸!"客人愤怒了,说:"我就是一个普通工人的儿子!"他用粗鲁的、结结巴巴的嗓音补充道:"但我看不出这有什么不好。"米耶尔走了,拉什维奇很不自在:"他脱去衣服之后,看着自己衰老的、青筋毕露的长腿,想起在这个县里大家管他叫'癞蛤蟆',每次在长久的谈话之后总感到羞愧……"早晨,想起昨天的不愉快,他给就在隔壁房间的女儿写信,说他已经老了,很快就会死去。"他感觉到他写的每一句话都散发着恶毒的和虚假的气味儿,但他停不下笔,他继续写下去,写下去。"而从隔壁房间传来了女儿的声音:"癞蛤蟆!癞蛤蟆!"拉什维奇真的是个癞蛤蟆,但为了让读者相信这一点,契诃夫用人性的方式表现了他。我提到过小说《出诊》。在这篇小说中,契诃夫不仅表现了资本主义的不公,也表现了它悲剧性的无意义。来到工厂给患病的女工厂主看病的医生,看到了因为生活的荒诞而得了神经官能症的少女,看到了她慌慌张张的母亲,看到了高大的厂房,看到了拥挤着工人的板棚,看到了更像是个食客的女家庭教师赫里斯齐·德米特里耶芙娜,她对医生说:"我们的工人挺满意的。我们厂里每年冬天都演戏,工人们自己演,他们能听到有幻灯片助兴的讲座,还有挺好的茶座……"到了晚上,医生就想:"当然,这是难以理解的!……1500到2000个工人,在恶劣的环境里不停地工作,生产质地低劣的花布,过着半饥半饱的生活,只是偶尔去小酒馆消遣一番才能从这噩梦中苏醒过来,有百把人在监督别人劳作,他们这百把人的全部生活都花费在登记罚款、骂人、违法乱纪上,只有两三个称作工厂主的人在获利,尽管他们完全不劳作也看不起粗糙的花布,可这是什么样的收益呀,该如何享用这些收益呢?梁李科娃和她的女儿是不幸的,瞧着她们就觉得可怜。活得滋润的只有赫里斯齐·德米特里耶芙娜,这个戴着夹鼻眼镜的、有点愚蠢的老处女。这就是说,这五座大厂房的生产劳动,这些劣等花布在东方市场的行销,全是为了让赫里斯齐·德米特里耶芙娜一个人可以吃到鲟鱼,喝到上等的好葡萄酒。"早晨,医生亲切地对生病的丽莎——被她所拥有的工厂所苦恼的工厂主说:"亲爱的,您得了失眠症……"契诃夫作为一位控方的见证人出现,但他控告的不是病中的少女,不是她的母亲,甚至也不是那个家庭教师,他控告的是那个制造了所有人的不幸的社会环境;他富于人性地、富于同情心地展示了丽莎。给这幅画面赋予了深深的悲剧感。在一个已经不是署名"契洪特"而是署名"契诃夫"的早期作品《仇敌》中,一位乡村医生的儿子正处于死亡边缘。地主阿鲍金来找他,说:"我妻子得了重病。"医生不想走,也走不了,但阿鲍金苦苦恳求着。当他们来到地主庄园,发现阿鲍金的老婆是在装病:"她把他支走,为的是与一个马戏团的小丑私奔……"医生愤怒了:"请问,这算什么事?"——他环顾四周,问道——"我儿子病得快要死了,妻子痛苦万分,家里就她一人……我自己都快要倒下了,我已经一连三天没有合眼……这算什么?要强迫我参与演出一个庸俗的闹剧……"开始了紧张的对白:阿鲍金试图证明他也很不幸。医生轻蔑地对他说:"不幸,请您不要用这个字眼,它与您无关。游手好闲的人拿着支票取不到钱,也说自己不幸,减肥不成的傻瓜也很不幸。渺小的人!"契诃夫表面上保持着中立:"阿鲍金和医生面对面地站着,愤怒地对骂着……在等待马车的时候阿鲍金和医生沉默了。阿鲍金重新恢复了心满意足的常态。他在客厅里踱步,潇洒地晃动着脑袋,像是在思考着什么。他的愤怒还没有消失,但摆出了一副姿态,似乎他没有觉察到仇敌的存在……医生则站着,一只手扶着桌子的一角儿,用一种深沉的、难看的、轻蔑的目光盯视着阿鲍金。只有痛苦的、不幸的人面对富足的人才有这样的目光。"如果是一个不信任读者的小说家，或是一个更重视评论家意见的小说家，大概会把阿鲍金写成一个很丑陋的人，而把被侮辱的医生描写成一个即使不是气度轩昂那也至少是正气凛然的人。读者读完这样的作品会很不满足地想：这样的小说我已经在《俄罗斯新闻》或《俄罗斯财富》这类刊物上读到过了……而评论家却会给这样的小说打上高分。契诃夫会在他并不喜欢甚至是让他厌恶的人物的口中，放进一些为作者所欣赏的人物的正确的评价。在小说《决斗》中他表现了一种心灵的毁灭。纳杰日达·费多洛芙娜发现拉耶夫斯基是一个具有宏大的思想与感情的人，便抛弃了自己的丈夫。而拉耶夫斯基正在想着怎样摆脱一个令人厌烦的女人，他再也没有什么思想和感情了。年轻的动物学家封·科林看到了拉耶夫斯基的渺小，并且把这说给了所有的他周围的人听。封·科林全都对但也全都错。他的议论很像法西斯主义分子的理论，尽管他说这些话的时候，希特勒还在桌子底下爬呢："原始时代的人依靠了生存竞争和自然淘汰，才清除了像拉耶夫斯基这样的人；现在呢，我们的文明大大地削弱了这种竞争与淘汰机制，我们应该自己来着手消灭孱弱的、无能的人，否则像拉耶夫斯基这样的人大量繁殖起来，文明就会毁灭，人类就会退化。"

拉耶夫斯基是有过错的,但他有一颗心,在生活的残酷教训下,他迫使自己成为另外一个人。封·科林热衷于科学与进步,但他没有一颗心,他想通过消灭弱者群体的手段,来谋求人类的幸福。拉耶夫斯基这样评论他:"他热衷于人种的改良,在他眼里,我们不过是些奴隶、炮灰、干重活的牲口罢了。他要把有些人从肉体上消灭,或者发配去做苦役;另一些人,他要用纪律来制服,像阿拉克契耶夫那样强迫他们听着鼓声起床和睡觉。他会让宦官们来磨灭我们的良知和道德;凡是越出我们的狭隘而保守的理论圈子的人,他就要下令枪毙。而这一切都是为了人种的改良……人种又是什么呢?是幻想,是海市蜃楼……暴君永远是幻想家。"到了小说的结尾处,封·科林感到了失落——他无法理解,拉耶夫斯基如何能在精神上得到了提升,找到了勇气。"谁也不知道真正的真理"——这是自信的封·科林说的——他不是说给自己听的,而是说给昔日的仇敌拉耶夫斯基听的。评论家们断言,这个结尾"缺乏说服力",然而,契诃夫得以通过封·科林有时能说出对的话来表现他的错。在剧本《伊凡诺夫》里,医生里沃夫对伊凡诺夫做出了正确的谴责,但他像封·科林一样,他的错就在他的对里。契诃夫在一封书信中说起了里沃夫:"这是一种虽然正直、热情却狭隘、片面的人……里沃夫与眼界的开阔或情感的真挚格格不入。这是教条的化身，刻板的理念……如果需要，他会向马车投掷炸弹，会向学监动粗，会放走罪犯。他无所不为。"在剧本里，里沃夫没有投掷炸弹，也没有向学监动粗，但他促使了伊凡诺夫自杀。而剧作者对伊凡诺夫是心怀好感的，不仅伊凡诺夫，就是浅薄的里沃夫也被深刻化了。契诃夫这样谈论这位干巴巴的、教条主义的医生："这样的人也是需要的，其中的大多数也是讨人喜欢的人。把他们漫画化，即使是为了有戏剧效果，也是不应该的。当然，漫画鲜明，因此更易让人明白，但留有余地比过分地涂抹要好……"当然，里沃夫并不讨人喜欢，但契诃夫不想贬低他，作为一位具有巨大讽刺才能的作家，他没有用漫画取代人物肖像画。

谈到安东·巴甫洛维奇的创作道路，一般都会提到一个日子——1886年春天，把它作为"转折"的开始：正是在这个时候他出乎意料地接到了老作家格里戈罗维奇的一封信，老作家在鼓励契诃夫的同时也批评他对作家劳动的态度不够严肃。在这封信之后，快乐的、对自己的创作不很严肃的、在各类幽默刊物上发表作品的安东莎·契洪特变成了作家契诃夫。但有篇小说《苦恼》，它就发表在1886年1月的《彼得堡日报》的《快速扫描》专栏里，署名安东莎·契洪特。这篇小说讲一个名叫姚纳的马车夫。

他的儿子死了,他徒劳地试图把这些说给乘客听——谁也不想倾听这个悲伤的故事。这样马车夫就在晚上对马说:"我的小母马,你听着……库兹马·姚内奇不在了……他一闭眼先走了……说走就走了……这好比说,你生了头小马驹,你就是这头小马驹的母亲……突然之间,好比说,这头小马也一闭眼先走了……"契诃夫是如何把握住了年老的姚纳的心理的?那个时期的书信与同时代人的回忆向我们表明,这是一个爱说笑话的、还不清楚自己到底是医生还是作家的人,他能一口气写一篇短篇小说,或是给《花絮》,或是给《闹钟》,或是给《蟋蟀》,或是给《彼得堡日报》。光是1886年3月份,他就发表了7篇小说。而就是在这个时候,安东·巴甫洛维奇写作了《苦恼》。

3年之后,已经不是契洪特的契诃夫写了《没有意思的故事》。作者时年29岁,而小说主人公62岁。托马斯·曼在去世前不久写了一篇谈论契诃夫的文字,他说他最喜欢《没有意思的故事》:"这是一个不平凡的迷人的作品,在所有的文学中找不到可与它匹敌的:它的感染力、它的特点在它的宁静的忧伤的调子里。这个故事的一个细节就足以使人惊异,命名为'没有意思'的这个故事,却能震撼读者,而且它还是出自一个年纪不足30岁的年轻人之手。以极其深刻的叙述放进一位有世界声誉的老学者的口中……"

重读契诃夫，我常常感到惊奇，他怎么能够表现出《命名日》中的孕妇奥尔迦的内心不安、失去孩子的丽芭的痛苦（《在峡谷里》）和《瞌睡》中的13岁小女孩华尔卡的绝望？

库普林这样评论契诃夫："他在一个人的脸孔上、嗓音里、步履中能看到和听到别人看不到、听不到的东西，为一般人察觉不到的东西。"法庭上的证人讲述一些众所周知的事情，这是对控辩双方都毫无用处的。任何一个有资格称为作家的人，都能够看到一些被一般人所忽略的东西。是不是应该不必把观察力视为作家的基本功了？聪明的、有经验的摄影记者也有观察力。未必有人在谈论《战争与和平》或伦勃朗的画作时仅仅用观察力来诠释他们的艺术成就。作家——大作家、中流作家，甚至小作家都不仅能够看到自己的人物，而且能够分享他们的内心体验。这种共同体验一般称为作者的再体现。如果思考契诃夫的著作，那就会发现，在他不长的生命过程中，他体验了数以百计的人的生命。

译者说

爱伦堡在这一章节里发表了一个他的创见:"契诃夫能够人性地表现非人性。"后来评论家们都开始发现契诃夫作品的这一特点。由于契诃夫能够"人性地表现非人性",因此,在他的重要的作品中,是找不到传统意义上的反面人物的。一个重要的原因是,契诃夫能让一些似乎不通人性的人,在一个人生变故之后,在某种程度上苏醒了人性。比如,爱伦堡举例说小说《罗特希尔德的小提琴》里的棺材匠雅可夫,一辈子都是挥舞拳头打老婆,但当老婆去世之后,他突然想到要到那条已经四五十年没有去过的河边走一走,要知道四五十年前,他曾和妻子常在那条河边溜达。他突然想到他有愧于妻子,而且用"损失"一词"赋予了雅可夫的悔悟、哀愁、无法排遣的痛苦以一种可以震撼读者的现实性"。

在这一章里,爱伦堡还与一个传统的学术观点进行商榷:一般认为1886年3月契诃夫接到老作家格里戈罗维奇的来信是契诃夫创作新阶段的开始。但爱伦堡指出,在收到这封信之前,契诃夫就创作了《苦恼》。爱伦堡的意见当然是有道理的。要知道,现在学术界普遍认为《苦恼》是篇杰作,因为在这篇小说里,契诃夫提出了一个20世纪文学的主题:人与人的隔膜。

五

读者对小说人物的原型总是感兴趣的。然而,能够准确地解开人物原型之谜的小说并不多,而且这类作品也不是艺术创作的高峰。在契诃夫活着的时候,就有关于他的小说人物的所谓"原型"的种种传说。这种遐想常常令安东·巴甫洛维奇感到吃惊和生气。比如,人们断言,"跳来跳去的女人"是库甫申尼科娃,她爱上了画家列维坦,而她的丈夫是个医生。契诃夫在给阿维洛娃的信中写道:"你倒想想,一位我认得的42岁的太太,从我的《跳来跳去的女人》的20岁的女主人公身上发现了自己……整个莫斯科都在指责我影射攻击他人。主要证据是外在的相似:夫人画油画,她的丈夫是医生,而她与一位画家有染。"看来,相似点也就这些。因为小说中的画家里亚鲍夫斯基不讨人喜欢,而契诃夫很喜欢和敬重列维坦,根据同时代人的说法,库甫申尼科娃也不是个跳来跳去的女人,而她的丈夫也不是个大有前途的学者,而是一个平庸的在警察局供职的医生。但事态在发展。列维坦当真对安东·巴甫洛维奇生了气。(大概,只有曾经和契诃夫一起学习过医学的丈夫库甫申尼科夫保持了冷静,他为能充当小说人物迪莫夫这样的医生而感到荣幸。)

同样的情形也发生在对于《海鸥》的解读上。人们在剧中人物妮娜·查列奇娜雅身上看到了莉卡·米齐诺娃,这位年轻美貌的姑娘,幻想当一位歌剧演员,常常到契诃夫家做客,也爱上了安东·巴甫洛维奇。还有人说剧中人物特里哥林就是作家波塔宾科。相似之处还在于这位作家当真与莉卡有染,后来把她遗弃了,之后她的小孩也夭折了。看来,契诃夫最初并没有在意什么,还请波塔宾科帮助他早日让剧本通过书刊审查机关的审查,而当关于《海鸥》里有对现实人生的影射的议论传到契诃夫耳中的时候,他有点不安了:"如果当真写的与波塔宾科相像,那就不能将它出版与演出了。"莉卡也给契诃夫写信说:"这里的人都在说《海鸥》里写的是我的生活,还说您在剧本里还很巧妙地影射了什么人……"

为了理解契诃夫的人物产生的复杂性,我想着重说一下《海鸥》,因为其中存在生活的原型从外在看是毫无疑问的。根据情节的线索、角色与原型的对应是:妮娜——莉卡,特里哥林——波塔宾科,阿尔卡基娜——波塔宾科的妻子,特里波列夫——纠缠到一段浪漫史的"现代派艺术家"。这个海鸥,也有原型——一只丘鹬。1892 年,契诃夫和列维坦一起去打猎,画家击中了一只丘鹬的翅膀,契诃夫写道:"我把它举起:长喙,两只黑色的大眼睛,一身美丽的羽毛。它奇怪地看着。怎么办?列维坦皱起眉头,闭着眼睛,用颤抖的声音恳求道:'亲爱的,用枪托打它的头……'我说:我下不了手。他继续神经质地耸动着肩膀,晃动着脑袋,继续恳求。而丘鹬继续用奇怪的眼光看着,只好听从列维坦的把它打死的请求。一个美丽的精灵消失了,而我们两个笨蛋回到家里,坐下来吃晚饭。"

完全有可能,契诃夫记住的是这只被打伤的鸟儿的目光。莉卡·米齐诺娃的生活悲剧与他太有关系了,以至于他不可能不想到她,不想起莉卡的来信:"也许,这很愚蠢,甚至不太礼貌,但即便我不写信给您,您照样会知道这些情况,所以您也不会因此而责怪我……""您知道得很清楚,我对您有什么样的感情,所以我毫不羞愧。而且,而且把这些说出来。我同样知道您的态度,或者是宽容的,或者是毫不在意的……我求求您,求您帮帮我,不要叫我到您身边去,不要和我见面……"失恋的莉卡迷上了小说家波塔宾科,而他又很快遗弃了她。这之后她给安东·巴甫洛维奇写了封信:"看来,这是命中注定:我爱的男人后来都背离了我。我非常不幸。您别笑话我。从前的莉卡现在已经连个影子都找不到了。不管我怎么想,我还是不得不说,这一切都是您的错。再说,这看来也是命中注定……"

受伤的鸟儿的目光。莉卡来信,她的痛苦……当然,所有这一切都进入了《海鸥》。但试图把报道说成是诗,把照片说成是油画的做法是徒劳的。所有《海鸥》中的人物,或者说所有契诃夫的人物,不是现实生活中存在的人的复制品,而是契诃夫个人的观察、体验、猜测和想象的综合体。

安东·巴甫洛维奇的不少书信充满着对写作状态的不满:"现在所写的一切都不能令我满意,让我觉得乏味,所有这些盘踞在我脑海里的,让我感兴趣的,打动我的……""有时我完全泄了气。我为什么写作,为谁在写作?为了读者?但我看不到他们,对他们的信任不比对家神的信任更多……""自我满足当然是个好东西,当你写作的时候,你能感受到这种满足,但以后呢……""中篇小说写不下去了,我可以改写短篇小说;如果短篇小说也写不好,我可以去写戏剧小品,如此往复循环,直到一命呜呼……""写完了一篇沉闷的短篇小说……""我愿意写作,如果能在写作的过程中找到乐趣……""我一定得写作！写作，写作，再写作！……""写出的稿纸已不老少，但没有一句具有真正的文学意义！……""而我需要写作，写作，还要赶紧写完邮寄出去……"在《海鸥》中，作家特里哥林说："有一个无法摆脱的思想，夜以继日地折磨着我：我应该写作。我应该写作，应该写作……刚刚写完一部小说，不知为了什么缘故，我又得写第二部，然后写第三部，第三部写完，第四部……我连续不停地写着，就像一个常年骑在驿马上的旅客，请问，这种人不离鞍的生活有什么光彩夺目可言？……当我写的时候，是愉快……但……作品一出版，我就无法忍受啦，我觉着它与我的构思相去甚远，是我的一大失误，根本就不应当把它写出来，于是我感到失望，心里不是滋味……作为作家，我看不起我自己，更糟糕的是，我总觉着是置身于什么云雾之中，我常常不知道我都在写些什么……"

作家特里哥林身边有个笔记本，它能让人想起契诃夫本人的札记本。妮娜·查列奇娜雅送给特里哥林一个纪念章，上边镌刻着特里哥林的一本书的书名、页码、字行；他拿出自己的书读出一句话——但不是特里哥林的话，也不是波塔宾科的话，而是契诃夫的小说《邻居》中的一句话："如果你什么时候需要我的生命就请你前来将它取走。"

（在女作家阿维洛娃回忆契诃夫的文章中提到，她爱上契诃夫之后，给他送了块表链坠，上边就刻了后来妮娜说的这句话。）特里波列夫不满意自己的小说，便发表议论说："特里哥林有了自己的写作风格，他写起来得心应手……在他笔下，一个破碎的瓶颈在河堤上闪光，磨坊的风轮投下一道黑影——月夜的情景便出来了。"在写作《海鸥》之前很久，安东·巴甫洛维奇这样写信指导从事文学创作的兄长："比方说，如果你这样写，说一个破碎的玻璃瓶子片像一颗明亮的星星在磨坊的楼上闪耀，而小狗的黑影像一个圆球那样在滚动，月夜的情景就出来了。"

被生气的母亲称作"现代派"的年轻的特里波列夫好像是特里哥林的对立面。我在契诃夫的札记中读到这样的句子："戏剧舞台要成为艺术要等到将来，现在它仅仅是在为将来而奋斗……"，"观众喜欢艺术中的平庸，他们早就知道究竟对什么有兴趣……"安东·巴甫洛维奇对想写剧本的哥哥建议说："不要雕琢，不要打磨，就让它披头散发好了……情节应该出新，故事可以不要……"契诃夫多次说过他对戏剧的陈规老套的反感。特里波列夫强调的也是这个意思："可是在我看来，目前的戏剧不过是一种陈规老套和偏见罢了。幕布一拉开，脚灯一照亮，在一间有三堵墙的房间里，这些伟大的天才、这些神圣艺术的祭司

1898年,《海鸥》在莫斯科艺术剧院上演时的海报

1898年,契诃夫与莫斯科艺术剧院的演职人员一起阅读《海鸥》。坐在契诃夫(中)右边的是戏剧大师斯坦尼斯拉夫斯基,坐在斯坦尼斯拉夫斯基右边的是后来成为契诃夫妻子的克尼碧尔。图中最左边站立者为莫斯科艺术剧院创始人之一的丹钦科,最靠右边坐着的是戏剧艺术家梅耶荷德

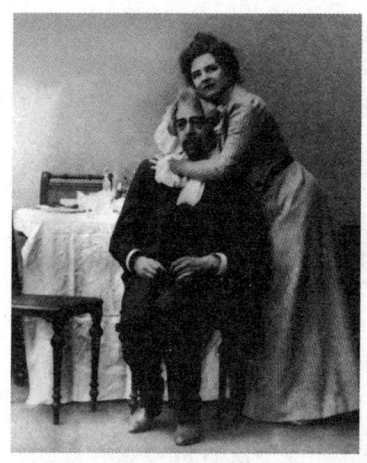

1898年，莫斯科艺术剧院上演的《海鸥》，第一幕剧照

契诃夫与莫斯科艺术剧院演员 A. 阿尔乔姆

莫斯科艺术剧院的舞台幕布上绣着的海鸥院徽

1896年,《海鸥》在彼得堡皇家剧院首演失败,遭到评论界的炮轰,当时杂志刊出的漫画

们,就给我们表演起了人们怎样吃饭,怎样喝茶,怎样恋爱,怎样走路,怎样穿衣;他们拼命想从那些庸俗的场面和台词里,挤出一点点浅薄的、离不开家长里短的说教;明明能有一千种情形出现,他们却永远只是给我看一种东西,永远是那一种东西——这样,我只好逃之夭夭。就像莫泊桑非得躲开埃菲尔铁塔一样,否则,这种庸俗会把人的脑子搅碎的。"还需要证明,契诃夫把自己的观点注入了特里波列夫的议论中了吗?这部与戏剧的陈规老套决裂的《海鸥》就是最好的证明。难怪在彼得堡皇家剧院首演时,观众要对它喝倒彩——向特里波列夫的剧本喝倒彩,也向契诃夫的剧本喝倒彩。我并不想说契诃夫把自己平分给了特里哥林和特里波列夫。能够忘记妮娜——"海鸥"本人吗?她不写札记,不写剧本,不叙述契诃夫的

思想。但难道安东·巴甫洛维奇的书信和同时代人的回忆录没有告诉我们,作家契诃夫是怎样痛苦过,是怎样不断地讲述"他应该写作",他写的是"细小的事情",他掩盖了生活的主要的激情——对于艺术的忠诚?妮娜表现了这种激情与痛苦。契诃夫非常羞涩,非常含蓄,永远不会像福楼拜那样说"艾玛就是我"。

《海鸥》里的人物——这是波塔宾科,还有年轻的现代派,大概还有几十个契诃夫熟知的各种各样的诗人、小说家、剧作家,还有莉卡,以及其他一些女人,契诃夫也知道这些女人的内心秘密。所有这一切都是不容置疑的。然而,《海鸥》——这也是契诃夫本人,是他的思想、他的激情,是浓缩在几句短短的对白中的他的没有行诸文字的日记,这是"四幕喜剧",这是长诗,这是自传。

我想可以在契诃夫和他的不少剧中人物之间建立直接的关联。当然,艺术家互不相同,各人有各人的写作风格,但很难想象在一部文艺作品中,艺术家没有把自己的生活和感情的一部分投入其中。艺术不仅要求作家对生活的观察,还要求对生活的投入。可以不断地议论文学人物的原型,这很有趣味,甚至很有教益;但不应该忘记那个永恒的原型,他的名字是作者。

译者说

　　这一章说契诃夫作品人物原型的问题。因为普遍认为《海鸥》中的几个人物是有原型的，如妮娜的原型是契诃夫的女友莉卡，特里哥林的原型是作家波塔宾科，所以爱伦堡集中力量以《海鸥》的原型问题发表看法。他的结论是：不仅莉卡、波塔宾科，而且很多契诃夫熟悉的"各种各样的诗人、小说家、剧作家……以及其他的一些女人"都可能是原型的一部分。但是，爱伦堡认为最值得注意的是："《海鸥》——这也是契诃夫本人，是他的思想、他的激情"，是他的长诗，是他的自传。这也是从一般的艺术规律出发思考问题，因为艺术家都会把自己生命的一部分投入到自己的作品中去，因此作者乃是自己作品"永恒的原型"。当然，这并不妨碍今天的俄罗斯人还是习惯于将米齐诺娃称作契诃夫的"海鸥"。

　　爱伦堡有一段文字："这部与戏剧的陈规老套决裂的

《海鸥》就是最好的证明。难怪在彼得堡皇家剧院首演时,观众要对它喝倒彩——向特里波列夫的剧本喝倒彩,也向契诃夫的剧本喝倒彩。"需要做点说明:因为《海鸥》是一部与戏剧的陈规老套决裂的创新之作,所以老派的彼得堡皇家剧院的导演也理解不了它,保守的皇家剧院的观众也理解不了它,而当时的一群剧评家更是写剧评恶评此剧,带头起哄,使得《海鸥》在彼得堡的首演惨遭失败。这一天是1896年10月17日。11月20日契诃夫在一封致友人的信中写道:"我的《海鸥》在彼得堡首演惨败。那天的剧院里弥漫着敌意的空气……"而两年之后的1898年12月17日,由斯坦尼斯拉夫斯基执导的《海鸥》,在莫斯科艺术剧院上演,却获得了轰动性的成功。后来飞翔着的海鸥形象变成了莫斯科艺术剧院的院徽,丹钦科解释说:"绣在我们剧院幕布上的'海鸥'院徽,象征着我们的创新源泉。"

六

我说过,我把契诃夫的所有作品看成是一部长篇小说,我还想立即做个补充——或是一部长诗,但我有点儿不好意思了——人们会说:当然,在契诃夫的剧本里有很多诗意的东西,但难道能把《没有意思的故事》《第六病室》和《套中人》也归到诗的范畴里?……安东·巴甫洛维奇可能会第一个出来表示反对。当蒲宁壮着胆子说起契诃夫作品的诗意时,安东·巴甫洛维奇笑笑说:"可爱的先生,只有这样一些人才被认为是诗人,他们爱用诸如'银色的远方'、'和弦'或是'去战斗,去战斗,去和黑暗做战斗'这类词语。"契诃夫就这样说句笑话敷衍过去了,但现在的一些评论家可能会感到不解,为什么我要把反映19世纪八九十年代的俄国生活的现实主义小说称作诗?果戈理把《死魂灵》称作长诗,没有人感到惊奇,这是因为中学里老师就这么教的,第二,谁都记得关于俄国的"三驾马车"的文字以及其他的抒情插话，但是小说人物萨巴凯维奇、玛尼洛夫、诺兹德列夫写得像"三驾马车"一样有诗意。契诃夫的诗意是另一种：它隐蔽在音乐中（当弗朗索阿·莫里阿克把契诃夫与莫扎特做比较时，我并不感到唐突）。《海鸥》《万尼亚舅舅》《三姐妹》不是如同安东·巴甫洛维奇所想的喜剧，也不是很多观众所体验到的悲剧，而是诗意的作品，是非常具有音乐感的作品。在这些作品中，违背一切的戏剧上的陈规老套，甚至剧中的顿歇也在发出音响。诸如老车夫对小马的讲述，那封寄给乡下爷爷的书信，《神经错乱》里的那场初雪，《没有意思的故事》里那位伤心的主人公来回端详招牌的细节，难道不也是富有诗意的？问题不在于那些从外表看来就有诗意特征的地方，而是随着岁月的流逝，契诃夫在将文学语言平易化的同时，保持着诗的意趣与节奏。

比如中篇小说《在峡谷里》，年轻的农妇丽芭抱着被阿克西尼娅用开水烫坏的孩子。夜晚，丽芭独自一人抱着死去的孩子走在路上。"远处不知什么地方有一只鹭鸶在叫，声音哀伤而含混，好像一头母牛关在小屋里的叫声一样。这种神秘的鸟的叫声每年春天都听得见，可是谁也不知道它长的是什么样子，住在什么地方。在山顶上的医院旁边，在池塘附近的灌木丛中，在村子后边，在田野四处，夜莺嘹亮地啼叫着。杜鹃用叫声数着什么人的年纪,数啊数啊数乱了,又从头数起。池塘里那些青蛙愤愤地互相招呼,使劲地叫着,叫得肚皮都快要炸开了,人甚至听得清那些话:'你就是这种东西,你就是这种东西!'闹得好欢啊!这些生物这么唱啊嚷的,仿佛是故意要在这春夜吵得谁也睡不着觉,好让大家,就连气愤的青蛙也包括在内,都要爱惜而且享受每一分钟:生命只有一次啊!一个银白的半月在天空照耀,星星很多。丽芭没理会自己在池塘旁边坐了多久,可是等到她站起来,往前走,小村子里的人已经全都睡着了,一个亮着的灯也没有了。大概再走12俄里就可以到家,可是她没有力气了,也没法动脑筋去想该怎么走了。月亮时而在前面照耀时而在右边照耀。那只杜鹃仍旧不断地叫唤,嗓子已经叫哑,而且带一点笑音,仿佛在嘲弄她:'喂,注意啊,你要迷路啦!'丽芭加紧步子走去,头巾从脑袋上掉了……她瞧着天空,心想:现在她孩子的灵魂在哪儿呢?它究竟在跟着她走呢,还是高高地在繁星中飘荡,不再想到母亲了?啊,夜里的旷野上走着是多么寂寞啊,特别是听着四周的歌声自己却唱不出来,身处在不断的欢呼声中,自己却高兴不起来,而且那月亮不管时令是春天还是冬天,不管人活着还是死了,都不在心上,只是寂寞地从天空看着下界……心里痛苦的时候没有人做伴是难受的。要是她母亲普拉斯利维雅,或者柯斯迪里,或者厨娘,或者一个农民,来陪陪她就好了!"

契诃夫说,他是像一个化学家那样地走进自己的人物的。他也说过:"普通人看月亮会心生感动,好像是面对一个非常神秘的不可理喻的东西,但天文学家则完全用另外一种眼光来看月亮……"对于人的激情的、理性的甚至是科学的视点并不妨碍诗人契诃夫,这种理性的视点帮助他,使他的诗意摆脱偶然性。他不止一次说过,他对医学的知识有助于他对人物的理解。但这位睿智的、知识丰富的人比任何一个浪漫主义者都能更好地理解与表现人的天真烂漫的美质,这不是很美妙的吗?丽芭突然间看到一辆马车和两个人。

"你们是圣徒?"——丽芭问那个老人。
"不。我们从费尔萨诺夫村来。"

为什么这两个句子这么美?可能是因为,老人没有惊讶,而是很简单地回答"我们从费尔萨诺夫村来"?

再看《牵小狗的女人》,40岁的已婚男子古罗夫,是个惯于追逐女性的人,他在雅尔塔认识了这位女士,原先心想这就是一桩稍纵即逝的艳遇。但到了后来,"安娜·谢

萨哈林岛国际剧院附近广场的
纪念雕塑——契诃夫与"牵小狗的女人"

尔盖耶维芙娜和他互相恋爱着,像一对很亲近的人,像夫妻一样,像心心相印的朋友一样;他们觉得是命运在安排他们相逢,他们不能理解,为什么他已经娶了妻子,而她已经嫁了人,他们就像是两只候鸟,一公一母,被人抓住,硬是关在两个单独的笼子里。他们互相宽恕,宽恕了他们过去所做过的使他们羞愧的事情,也宽恕了他们眼下所做的一切,他们感觉到,这个爱情把他们两个人都改变了。"

再看《出诊》，医生看到生病的丽莎·梁李柯娃："已经完全是个成年人，身材高大，可是长得和母亲一样难看，眼睛很小，脸的下半部分却宽得不相称。她躺在床上，头发蓬乱，被子一直盖到下巴上，头一眼看上去，科罗廖夫医生得到了这样的印象：她好像是个身世悲惨的穷人，多亏别人的慈悲，才在这儿住了下来，有个安身之处。他无法相信她就是五座大厂房的继承人。""这当儿一盏灯送进卧室里来。病人看见灯光就眯细眼睛，用手捧着头，呜咽起来。于是难看的穷人的印象突然间消失了。科罗廖夫也不再留意那对小眼睛和下半个脸的不匀称了。他看见了一种柔和的痛苦表情，这表情是那样的委婉动人，在他看来她周身显得很丰满，有女人味，也很朴素，他不由得想要抚慰她，但不是用药物，也不是用医生的忠告，而是用温存而简单的话语。"

我不喜欢散文中的"诗性"——那种把叙述靠近诗的意图。在屠格涅夫的作品中，我以为《胜利的爱情之歌》和《散文诗》是最不成功的。诗情活跃在屠格涅夫的另外一些作品中——在《初恋》或《阿霞》中。我很难理解,《包法利夫人》的作者福楼拜怎么会去写《萨朗波》。契诃夫的诗不是外在的"诗性"——它不表现在形象的高调或浪漫上，不表现在景物描写的渲染上，不表现在华丽辞藻的堆砌上，它是在抒情性上,是在善良中,同时也在作者的心灵之美中。

契诃夫是小说创作中的革命者,他摒弃了自己的一些伟大的前辈的写作手法。屠格涅夫小说中的景物描写曾被认为是艺术技巧的高峰,契诃夫就此发表了自己的看法:"景物描写当然很好,然而……我感觉到我们已经不习惯于做这类的风景描写,而是需要另外的一种手法。"托尔斯泰理解年轻的契诃夫的艺术探索,他说:"作为一个艺术家,甚至无法把他与以往的俄国作家做比较,无法与屠格涅夫、与陀思妥耶夫斯基,或者是与我做比较。契诃夫有自己的特殊的创作风格,这风格酷似印象主义。你瞧,一个人似乎毫不经意地随手在画布上涂抹油彩,这些色彩彼此之间也似乎毫无关联。但你只需往后退几步再一看,这画面就能产生一个很完整的印象。在你面前出现了一幅鲜明的动人的风景画。这就能证明契诃夫是个真正的艺术家,他的作品经得起反复阅读……"

托尔斯泰,这位世界上最宏伟的艺术家,到了晚年却背弃现代艺术,这样的议论激怒了契诃夫:"谈论艺术,说它衰败了,走进了死胡同,说它不应该是这样,诸如此类,不一而足,这就如同说,吃饭和喝水的愿望也已经过时,不该如此。当然,饥饿是个陈旧的话题,而在吃饭的愿望里我们走进了死胡同。然而,吃饭毕竟是需要的,我们还是要吃饭,不管哲学家们和愤怒的老头子们还要说些什么闲话。"但是,尽管列夫·尼古拉耶维奇否定现代艺术,但他直到生命的最后一刻也热爱着艺术,他常常默诵丘特切夫的诗歌,也不止一次出声朗读他喜欢的契诃夫的小说。他看到契诃夫摒弃了很多旧的美学规范,这不仅没有使他生气,反而让他高兴。

但是为什么在谈论契诃夫的小说时托尔斯泰会想起印象主义派的绘画?乍一看来,这样的相提并论显得不可理解。但在这里分明是有某种逻辑的。年轻的莫奈对自己的朋友辛斯勒和雷诺阿说:"咱们走吧!这个学派会把我们埋葬,这里没有最最重要的——真诚……"左拉看到了被人称作"印象主义"的画作后说,与那些学院派画家的糖果类制作的作品相比,它们倒是对世界的真实反映。在80年代末,契诃夫的小说给予俄国读者印象也是如此:安东·巴甫洛维奇用新的眼光看世界,并用新的文学语言把它说出来。他说:"……最好不要把什么都讲完,因为……因为……我不知道为什么!"这种对于一丝不苟的和一览无余的描写与对外部世界的枯燥的直观反映的回避,使得契诃夫与印象主义派拉近了距离:他们在与旧的艺术手段的决裂上是接近的,当然不是在艺术方法上。

常有这样的情形,评论家们对标签很感兴趣,契诃夫在很长一段时间内被列入"印象主义者"的行列。1930年出版的《文学百科全书》写道："印象主义是作为日常生活的现实主义的变种出现的,乃是现实主义辩证发展中的最后一个阶段,它的社会基石是80年代反动时期小资产阶级和平民知识分子的没落与蜕变……这一印象主义变种的代表人物是契诃夫。"1934年尤·索波列夫写道："契诃夫的印象主义尤其表现在对比拟与隐喻的运用上。"过了10年之后,"印象主义"一词对于评论家们来说,已经成了一个令人鄙视的字眼,所以托尔斯泰那句把契诃夫与印象主义相类比的话,也从评论契诃夫创作的相关书籍中消失了。

契诃夫没有沿着那条已经铺设好了的道路行进,尽管那条道路很宽广,很平坦:他感觉到了旧的形式与新的内容之间的不适应。简洁是时代的要求,我们有理由把契诃夫视为20世纪的最早的艺术家之一。莫泊桑完善了新形式:短篇小说里没有什么惊天动地的情节,但无论是对于世界的感受,还是写作的手法,都还是传统的。左拉的特写镜头和群众场面的快速转换,在小说的蒙太奇表现方面找到了某种新的东西。契诃夫在一切方面都有创新:他不证明什么,甚至不叙述什么,他展示了什么。他使短篇小说和中篇小说摆脱了冗长的前奏、说明性的形容词、对小说人物外形的详细描写以及对他们生平的交代。"我以为,写完了小说之后，应该把它的开头与结尾删去。在这些地方，我们小说作家最容易虚假……应该尽可能把话说得简短……"

有些评论家断言，契诃夫写的是短篇小说，所以细节简洁。我认为，契诃夫之所以选择短篇小说的形式，是因为它符合他的追求简洁的愿望，符合他理解的现代节奏。文字描写的简洁对于他来说是与世界观有关的，是与他的表现真实的世界的愿望有关的。他写信给高尔基说："……请您有可能的话把一些名词与动词的定语删掉。您作品中的定语太多，这会干扰读者的注意力。他会厌倦。我写'一个人坐在草地上'，这很明了，这是因为它很清楚，很明白，不会阻塞读者的注意力。相反如果我这样写：'一个高额、窄胸、中等身材、蓄着褐色胡子的人，坐在一片绿色的但已经被行人踩坏了的草地上，他静静地、小心翼翼地坐着，不安地环视着四周。'读者的脑子是会发涨的。"尤·索波列夫认为契诃夫的特色是他喜欢比拟与隐喻。相反，我认为契诃夫力图避免过分的隐喻和过度的为很多19世纪末作家爱好的形象性描述。甚至在自己的早期作品中，他也努力运用最简单的、生活化的比喻，说到闪电，他就说："左边，好像有人朝天空擦亮了根火柴。"（屠格涅夫则有另外一种描写闪电的方法："……天空中不断地爆出不是很光亮但是绵长得像是分出了许多枝丫的闪电,它们与其说是爆发出的,毋宁说是抖动着的、抽搐着的,宛如一只垂死的鸟儿的翅膀。")安东·巴甫洛维奇曾经说过,他在一个中学生的作文本上看到了对于海的最好的描写:"海很大。"谦虚对他来说不仅是一个伦理的概念,同时也是一个美学的概念。他写信给高尔基说:"这种不节制尤其表现在对大自然的描写中,您用这样的描写打断了人物的对话。当读到这些景物描写的时候,就产生一种希望,希望把这些景物描写的文字精简两三行。经常的对闲情逸致、轻声细语等生活状态的提示,也使这类描写显得过分的夸饰和单调,从而带来阅读上的障碍。"

契诃夫不难摆脱屠格涅夫的写作手法,他认为这种手法已经过时,陀思妥耶夫斯基的艺术也从不吸引他。他不喜欢特别包装的思想,不喜欢激昂的情绪,不喜欢过分紧张的情节铺陈。但有一个作家,安东·巴甫洛维奇是特别佩服的。在未完成的短篇小说《书信》中,小说主人公在读一本没有点明作者的书,他这样称赞这本书:"多么有力!形式似乎不规整,但在这个不规整中能感受到何等广阔的自由,这是一个多么了不起的艺术家!在一个句子里用了三次'这个'和两次'看来',句子弄得很笨拙,好像不是用笔写出来,而是用刷子写出来的,然而在这些'这个'下边涌出了什么样的喷泉,里面蕴藏着多么深刻的思想,多么严峻的真实!"很容易猜到《书信》中的主人公读的是哪位作者的作品。契诃夫对史楚金说:"您注意到托尔斯泰的语言了没有?文句的重叠,一层叠加一层。您不要以为这是偶然的,不要以为这是缺点。这是艺术,这是深思熟虑的结果。"此后已经过去了半个世纪,我们国家发生了很大变化——无论是生活的节奏,还是人,还是拼写法,但我在很多当代作家的作品中,还是能读到契诃夫所说的那种故意显得很笨拙的叙述。而最为谦虚的安东·巴甫洛维奇,本人就和天才的托尔斯泰相识,倒是能够逃避模仿,创造出自己的节奏、自己的写作风格。

福楼拜幻想写一部没有什么情节的长篇小说,但没有写成。(他的最后一部未完成的小说《布瓦尔和佩库谢》可能出乎作者意外地成了一部讽刺小说。)契诃夫多次指出,应该很简单地写一件很简单的事儿,比如彼得·谢苗诺维奇娶了玛丽雅·伊凡诺芙娜当老婆。小说家们打趣说:安东·巴甫洛维奇在修改自己写的小说的时候,把什么都删掉了,就剩下了:他和她曾经很年轻,他们爱上了,结了婚,而后来都不幸福。安东·巴甫洛维奇回答说:"你们听着,要知道生活就是这样的呀……"

托尔斯泰赞赏契诃夫的小说,但不接受他的剧本,认为他是一个不成功的剧作家,托尔斯泰的这个观点当时为很多人所接受。在契诃夫的剧本里没有一点儿与几个世纪以来对戏剧的传统认识相契合的东西:无论是外部动作还是内部动作都不存在。活像是一幅生动的图画,有时在闭幕时发出枪声,但子弹仅仅意味着句点。让·路易·巴罗这样评论契诃夫的戏剧:"每一秒钟都是充实的,但这充实不在对话,而在沉默,在生活的感觉。"

契诃夫在颠覆一切陈规的同时,迅速地从喜剧性转入到悲剧性,从自然主义转入到诗情。而在这一方面,就像在其他很多方面一样,他仍是这个新的、复杂而艰难的世纪的第一个作者。《海鸥》中的特里波列夫的剧本被称作对现代派的滑稽模仿。妮娜·查列奇娜雅在观众的一片笑声中朗读这样的句子:"人、狮子、鹰、鹧鸪、鹅、蜘蛛、头上有角的鹿、水中无言的鱼、海盘车和肉眼看不见的一切生灵,总而言之,一切的生命,一切的生命,一切的生命,在完成了它们的悲惨的轮回之后,都死灭了……我记得一切,一切,一切,我把每一个生命都在我身上重新体验了一次。"特里波列夫还年轻,缺乏经验,但已经是个成熟的剧作家的契诃夫都用抒情独白给两个剧本结尾。奥尔加在《三姐妹》的结尾处呼唤道:"时间会消逝,我们将一去不复返,我们会被后人遗忘,连同我们的面貌、我们的声音,都会被人遗忘,甚至一共有多少像我们这样的人,后人也不会记得。然而,我们现在的痛苦,一定会化为后代人的快乐,幸福与和平会在大地上建立起来的。后代的人们,会怀着感激的心情来追念我们,会给活在今天的我们祝福的。"当然,如果在这大段抒情独白之后,那位军医不接着哼唱"啦啦……啦……砰砰砰……我坐在一个石墩子上……"契诃夫也就不成其为契诃夫了。

谁都知道,契诃夫不可忍受庸俗,但同时他又准确地(用他的话来说,像一个化学家那样)把这庸俗描绘了出来。年轻的契诃夫有篇短篇小说《波琳嘉》。店员尼古拉·季莫费依奇爱上了少女波琳嘉,而她对一个大学生有了感情。波琳嘉在商店里哭泣,而爱上了她的店员为了引开顾客们的注意力,使劲地喊道:"西班牙货啊,细花边啊,纽花啊,坎卜莱啊……长筒袜啊,布啊,绸子啊……"小说就是以这样的叫卖声结束的。我不知道纽花或坎卜莱是什么玩意儿,时尚在变,但变化的是时尚而不是感情,而这个以庸俗的日用商品名称结尾的幽默小品在我看来是一首崇高的诗。

译者说

在这一章,爱伦堡申说两个要点:一是契诃夫作品有诗意,一是契诃夫是个空前的文学革新家。

契诃夫作品中的诗意不靠文字的渲染,"它隐蔽在音乐中",它是契诃夫的人道主义的折射。爱伦堡列举了"老车夫对小马的讲述,那封寄给乡下爷爷的书信,《神经错乱》里的那场初雪……"前两个细节出自我们熟悉的小说《苦恼》和《万卡》,小说《神经错乱》知名度不及上边两篇,我做一下说明。这篇小说写一个大学生随两个朋友逛妓院,目睹了人间地狱的惨状,当他一早冲出那个人欲横流的所在,只见"细雪成团旋转……马车夫、马、行人全变白了"。契诃夫后来承认他对雪的描写是寄托了对被损害、受压迫的人的同情。所以爱伦堡说,契诃夫的抒情和诗意"是在善良中,同时也在作者的心灵之美中"。

几乎所有的契诃夫研究者都会谈及契诃夫在文学艺术上的革新,比如都会说到契诃夫文学叙事上的"简洁",但爱伦堡在说明契诃夫的"简洁"风格时,不仅意识到这革新与时代精神的契合,而且也强调这种文学风格与契诃夫人格的协调,所以指出:"谦虚对于他(即契诃夫)来说不仅是一个伦理的概念,同时也是一个美学的概念。"

那么契诃夫风格的时代精神呢?这个时代精神表现在从单纯转入复调。就是爱伦堡所说的"迅速地从喜剧性转入到悲剧性,从自然主义转入到诗情"。这也就是为什么契诃夫把他的几个剧本称为喜剧,而斯坦尼斯拉夫斯基却认为它们更像悲剧的原因。

末了,我想给文中说到的"托尔斯泰赞赏契诃夫的小说,但不接受他的剧本……这个观点为很多人所接受"做点说明。

托尔斯泰对契诃夫的小说创作评价极高,称他是"小说中的普希金,"但对契诃夫的剧作评价很低,常常劝他别再写剧本。而当时一些戏剧界的人物也不看好契诃夫的戏剧。当时最有威望的剧评家库格尔对《海鸥》一剧竟做了如此毁灭性恶评:"契诃夫先生是小说家出身,他有一个致命的误解,他以为小说笔法也可以堂而皇之地进入神圣的戏剧领地。"殊不知，契诃夫的散文化戏剧被今天的戏剧界普遍认为是他对现代戏剧的一个巨大贡献。而在19世纪末的俄国戏剧界，只有莫斯科艺术剧院的两位奠基人——斯坦尼斯拉夫斯基和丹钦科真正认识到了契诃夫戏剧的不同凡响。

七

阅读和重读契诃夫的小说,你能一再地为这些小说人物的生命力感到惊奇——这些医生、农民、大学生、中学教师、检察官、自由主义的女士和爱打扮的女仆、命悬一线的苦命人、食客、神父、托尔斯泰主义者和酒鬼、享乐主义者、女裁缝、女演员、穷人、急需救助的"多余人"及自信能够救济社会却一事无成的多余人、杀人犯、小偷、好色之徒、吝啬鬼和恶棍——众多人的命运,大悲剧,小正剧,滑稽剧。

安东·巴甫洛维奇仅仅活了44年,生命的最后几年都在重病之中,只能羁留在雅尔塔。(在44岁的时候,托尔斯泰还没有写《安娜·卡列尼娜》,陀思妥耶夫斯基正在创作《罪与罚》,冈察洛夫还不是《奥勃洛莫夫》的作者。如果司汤达在44岁死亡,那么他不过是《阿尔蒙斯》和几篇政治文章的作者而已。)有些作者把契诃夫描绘成一个懒散的、无行为能力的人,甚至称他是个"反应迟钝的人",而他之所以能在相对年轻的时候找到打开千百个心灵的钥匙,恰恰是因为他非常热爱生活,在没有完全理解生活的情况之下,就干预到了生活之中。

他时而航行在阿穆尔河上,时而踯躅在罗马的街头,时而穿行于乌克兰的草原,时而深入到俄国的穷乡僻壤。长久地滞留在一个地方,他会开始发愁,会构想计划——也许可以去一趟澳大利亚或者是造访一个新大陆?他在一个短篇小说中写道:"要知道只有死尸才仅仅需要3俄尺的地方,而不是活人……人需要的不是3俄尺的土地,不是一处庄园,而是整个世界,整个大自然。在这个大的空间里,他可以把一个自由的灵魂的所有品质与特色都展现出来。"不管他在什么地方,他都要向人群靠拢,倒不是想描写他们,不,他写作是因为被人的命运深深吸引。

他永远有很多操心事要做。需要……需要什么?需要为塔冈罗格的图书馆收集书籍。需要为梅里霍沃建学校和医疗站。需要为萨马拉的儿童募捐善款和建立食堂。需要为下戈罗斯克省的灾民赈灾。需要在雅尔塔为肺结核患者建造疗养院。需要接待一位手上长疮的女病人。需要补充药品——来看病的人很多,但药房里缺少药品。需要拯救一份很出色的杂志《外科年鉴》。需要得到消毒用的石灰和明矾。正在人口普查，需要指导登记员。需要在谢尔普霍夫安排戏剧演出。需要接待邻居的孩子。需要把生病的大学生康斯坦丁诺夫送到克里米亚去。需要阅读萨夫洛娃的小说，然后给她提出修改建议。需要在梅里霍沃建第二所学校。需要帮助涅克拉索夫神父回到农村去。需要把安托科尔斯基的雕塑安置在塔冈罗格的博物馆里。需要帮助诗人叶皮法诺夫——他有病，没有钱。需要建第三所小学。需要给戈斯拉夫斯基详详细细写封信，告诉他为什么写不好作品。需要为穆哈拉斯基小学筹款1000卢布。需要争取在莫斯科开设一家专治皮肤病的医院。需要给拉扎列夫-格罗齐斯基的戏剧小品做点修改——他自己改不好。需要把一位刚刚走上文坛的作家的小说推荐出去，需要给一位邮差提供药品，需要帮助一位犹太人解决住房问题，需要给一位穷愁潦倒的人找一份工作。他总是在做着什么，与此同时他又要让别人相信他是世上最懒惰的人。

我在这里说一下他的一个似乎是与作家的写作毫无关系的爱好：他是一个狂热的园艺师，他播种花籽儿，移栽花苗，嫁接花木。他在尼斯旅游的时候，曾经担心自家花园里的两棵百合花是否被人踩坏。他在家书中恳求家人好好浇灌新栽的果木。在雅尔塔的别墅里，由他栽种的茶花开花的时候，他给在莫斯科的妻子发了电报报喜。他邮购树种，为幼苗寻找瓦罐，精心照料刚刚栽种的树苗。园艺并不单纯是他的一种嗜好，就如同很多人嗜好垂钓或打猎，他从树木的生长中，强烈地感受到了对于生命的肯定。库普林引述过契诃夫的一段话："您听着，我这里的每棵树对我来说都是珍贵的。但这不是最重要的。要知道，在我到来之前，这里一片荒芜，是很难看的沟壑，到处是乱石、荒草……您知道吗，过了300年、400年后，这整片土地将是一个美丽的花园。"

和契诃夫相识的人会说，孩子和动物一下子就能对他产生信任。安东·巴甫洛维奇不仅喜欢孩子，而且理解他们。在他的小说中，儿童的世界放射出内在的光芒，在契诃夫身边永远有动物宠物——狗，从锡兰带回的獴、天鹅。勃鲁姆和希娜这两只宠物狗我们从契诃夫的书信中知道得很清楚。杜罗夫告诉我，是他给契诃夫提供了《喀什坦卡》的小说情节。但在这里也可以说：情节并没有决定性的意义。为了要写出那只公鹅死去时小狗喀什坦卡的心理状态，首先需要对狗的理解与爱。一般认为，乐观主义者常常微笑，热爱人类的人都是开朗的人，理解生活滋味的人都有好胃口，都会开怀大笑，都会在各种场合大谈自己对于生活的热爱。安东·巴甫洛维奇是个矜持的人，在他的小说中，有很多关于人生苦难的描写，他的幽默不是喧闹的，他的

契诃夫和他的两只小狗

乐观主义不是盲目的,他也不大谈特谈对于生活的热爱——他热爱生活,但不做宣誓,不做祈祷。

对于生活的身体力行的参与,帮助他不仅仅去展现日常生活,不仅仅去展现时代的外在的面貌,真正的艺术家还需要看到人的灵魂;说到这个,就要讲讲作为医生的契诃夫的工作。我们知道,医生安东·巴甫洛维奇最初认为自己是个医生,而在业余时间写点儿幽默小品。就是成为了一个著名的作家之后,他还不肯把写作说成是自己的职业,而是说医学是他的妻子,文学是他的情人。

有些人认为,安东·巴甫洛维奇当医生纯属偶然,行医使他痛苦,他乐于把它摆脱。这样的议论的根据是他的一些书信,在这些书信里他表示了对医学的抱怨。但要知道,在安东·巴甫洛维奇的书信中也有很多对写作的抱怨。他从来不是一个自满的人,就是在他取得了巨大的文学创作成功的年代,他也并不认为自己是个才华出众的作家,就如同他出诊归来,也从不认为自己是医术高明的医生。

他在1899年写道:"我毫不怀疑,医学工作对我的文学创作大有助益,它们大大地扩展了我的视野,丰富了我的知识,这些知识对于作为一个作家的我所具有的真正的意义,只有作为一个医生的我能够理解,它们同样具有指导性的影响。大概,由于对于医学的了解使我得以避免很多错误。"文学研究者们说，医学教育帮助契诃夫很好地描写了《命名日》中的临产、大学生瓦西里耶夫的神经错乱、伊凡诺夫和小说《第六病室》的几个人物的行为中的病理学情状、小说《黑衣修士》中科甫林的自大狂。所有这一切当然都是对的（但是，重新相信含蓄的契诃夫，把小说《黑衣修士》仅仅视为对一个病理学特殊病例的描写，也是幼稚的）。在契诃夫的一封书信中有一席话更能说明医生的工作给他带来了什么："医生当然会有让人生厌的日子与时刻，但愿谁也不要碰上这个。在医生中间，当然也有一些不学无术的人，就如同在作家、工程师和所有的人群中一样，但我说的那些令人生厌的日子与时刻，只有在医生那里能有。我说句良心话，在很多情况下，这些都是可以谅解的……"契诃夫知道，为病人的生命担忧、意识到自己的无能为力、希望与失望的交织，这些都意味着什么。没有这些"令人生厌的日子与时刻"，他便更难理解自己的小说人物的日子与时刻。这就是医学对于作为作家的契诃夫的主要恩赐，这比帮助他正确地描写各种病理状态的医学知识要重要得多。

译者说

　　爱伦堡在这一章里着重说明契诃夫的"特别的"不易让人理解的地方以及与他的人道主义精神的关系。比如"他仅仅活了44年",却能在小说中"找到打开千百个心灵的钥匙",比如,"他总是在做着什么,与此同时他又要让别人相信他是世上最懒惰的人"。契诃夫的"特别"之处,他的不同凡响在于人道主义胸怀。他喜欢园艺,喜欢植树,并不单纯是一个人的嗜好,而是"他从树木的生长中,强烈地感受到了对于生命的肯定"。他爱孩子和动物,所以,"孩子和动物一下子就能对他产生信任",他能在同名小说中写出小狗喀什坦卡的心理状态,是因为他对狗有"理解与爱"。契诃夫有医生的职业背景,但行医的实践不单单让他掌握了小说人物行为中的病理学情状,而是让他知道"为病人的生命担忧",从而生发出悲天悯人的人道主义情怀。

八

契诃夫常常带着尊敬与温情谈及莫泊桑。在契诃夫和莫泊桑的文笔中存在某种相似之处——至少他们两人的短篇小说都获得了相对难得的艺术表现力。然而,契诃夫与莫泊桑是不一样的,我们感到奇怪的是,有些评论家居然能在几十年中把安东·巴甫洛维奇称为"俄国的莫泊桑"。

把一个作家与外国作家相提并论总是很勉强的,因为文学人物体现的是那个民族的性格特征,不可能有法国的狄更斯,俄国的伏尔泰,法国的、英国的或是德国的契诃夫。作家叶尔帕捷耶夫斯基在契诃夫逝世后不久写道:"契诃夫毋庸置疑的不幸是他生在俄国。他对于生活的渴求,对于生活色彩的追求,他对于美的深入探索,他的巨大的才华和纯净的艺术激情说明,如果置身在一个阳光灿烂、生活五彩斑斓的地方,置身在一个没有什么可以阻碍生长的地方,置身在一个不需肩负生活重负的地方,他的天才便能更加大放异彩。但他生活在俄国生活的昏暗之中……"半个世纪过去之后,我们看到这样的遗憾是不足为训的。问题在于生长在阳光灿烂的国度的莫泊桑的痛苦并不比契诃夫小,尽管痛苦的原因是不相同的,莫泊桑被生活所折磨,43岁就逝世了;问题是在于,如果契诃夫不是生长在俄国,也许他仍旧能成就为一个优秀的作家,但已经不可能是契诃夫。

当然,作为一个艺术家,契诃夫尝试过很多,也放弃了很多。当然,与很多自己的前辈不同,他不爱说教,他不会写《作者日记》。在这样的《日记》中,陀思妥耶夫斯基把自己的思想灌输给读者。他也不会写类似《〈克莱采奏鸣曲〉后记》之类的文字。然而,那种为果戈理、陀思妥耶夫斯基和托尔斯泰等19世纪俄国作家所共有的责任感,也为契诃夫所具有。我们在上边引用过的叶尔帕捷耶夫斯基的那篇文章里说过一件事,有一回莫泊桑决定与几位青年作家一起创办一份报纸。屠格涅夫问,这份报纸将遵循什么原则,莫泊桑回答说:"没有任何原则!"只需想起当《俄罗斯思想》杂志上有人称契诃夫是个"没有原则的人"而如何引起他的愤怒的,就能知道在他与莫泊桑之间存在着一条什么样的鸿沟。"令人生厌的日子与时刻",为人担惊受怕,这些都不是巴尔扎克和忧郁的莫泊桑所经历的。

我想到在契诃夫的小说和莫泊桑的小说中出现的农民。两位作家都表现了反常的、可怕的生活,但对于一位作家来说,农民是被生活环境扭曲了的人,而对于另一位作家来说,农民是来自另一个世界的怪人。如果莫泊桑因为意识到自己的孤独而痛苦,那么契诃夫是因为意识到人们的孤独而痛苦。莫泊桑因为不知道怎么才能抓住生活的边际而痛心疾首;契诃夫像小说《没有意思的故事》里的那位教授一样痛苦,因为不知道如何回答卡嘉、齐娜依达·费多罗芙娜和其他寻求着真理的人的问题,不知道该如何告诉他们怎么才能使生活变得更加光明、更加明净、更加富于人性。我远没有贬低莫泊桑的艺术的想法,他也是一个我喜爱的作家。我也不敢在谈论契诃夫的时候,给让他感到亲近的作家抹黑。我只是想纠正关于契诃夫与莫泊桑之间的一些不必要的与不高明的类比。在莫泊桑的作品中,有一些色彩、情感和题旨是与契诃夫不相契合,大概也是他无法触及的。但是,莫泊桑永远也写不出《没有意思的故事》《匿名者的故事》或《第六病室》这样的作品。法国的文学家们一说起俄国,常常用"斯拉夫的灵魂"这个字眼来解释他们不理解的现象。根据他们的说法,一种特殊灵魂的特殊品质,使得诸如"十月革命"和俄国音乐,以及托尔斯泰在一个小火车站上死亡和其他的很多事情就都可以理解得了了。显然,关于契诃夫的文章也少不了涉及所谓"斯拉夫的灵魂"。不管这些议论是多么幼稚,它们表明,无论是在俄国的历史还是俄国的文学中,的确有一些与西方世界格格不入的特点。我以为在俄国的书籍中能使外国读者产生强烈印象的是超常的、令人灼痛的良知,也许正是这超常的良知是契诃夫与莫泊桑的最大分野。

译者说

  在俄国学界有个流行已久的说法:"契诃夫是俄国的莫泊桑。"爱伦堡试图说明这个说法的不合道理。他认为契诃夫与莫泊桑的相似是比较外在的,而二者之间的深刻差异,恰恰是在契诃夫有更为深刻的人道主义精神——"正是这超常的良知是契诃夫与莫泊桑的最大分野"。俄罗斯的文化人特别喜欢用"良知"这个字眼,当然,俄文的"совесть"也可译为"良心"。

九

我总是感到惊奇,在法文里"conscience"有两个含义:意识和良知,尽管良知并不总是具有明确的意识的。我说过,19世纪俄国文学从《外套》到《复活》,正是以令人灼痛的良知震撼了西方世界的读者。然而,心也常会有大的发现和大的失误。比如,果戈理后来为他曾经十分憎恶的农奴制做了辩解,曾经是倾向革命的陀思妥耶夫斯基写作了小说《恶魔》。俄国最伟大的艺术家托尔斯泰,到晚年一度也失去了对于艺术的信念,在这个方面,契诃夫与他的几位前辈不同:他同时拥有良知和意识。我们有理由谈论他的一以贯之的世界观,这世界观随着时间的推移而深化了,但他没有大幅度的变异,没有放弃。

这很大程度上是由时代决定的。当老托尔斯泰在宣扬回归简单的原生态生活的时候,当年轻的梅列日科夫斯基和他的朋友们试图复活宗教、将宗教和唯心主义的哲学联系起来的时候,契诃夫预见到了自然科学大发展的前景,以及精密科学将要完成的任务,他在1894年写道:"自然科学正在创造奇迹,自然科学可以大踏步地前进,它以自己的伟力将人们征服……"

当然,他是个医生,到临死时依旧在关注着医学的发展,单是这一点就决定了他对于科学的态度。在年轻的时候,他曾迷恋达尔文的学说。在1889年,他就布尔日的小说发表了这样的议论:"如果要说这部小说的缺点,那么主要的缺点是它的明显的反对唯物主义的倾向。请原谅,我无法理解这样的一些论调。这些论调于事无补,而只能在思想领域引起不必要的混乱。这是在向谁发起进攻,为什么?敌人在哪里?他有什么危害?首先,唯物主义潮流,不是狭窄的宣传意义上的流派,它不是偶然出现的,也不是稍纵即逝的,它是必须的、必定要出现的……不允许人接受唯物主义潮流,就等于禁止人们寻求真理。在物质之外,没有经验,没有知识,这也就意味着没有真理。"

与那些传道士作家、夸夸其谈的作家不同,安东·巴甫洛维奇是一位与科学密切联系的作家。对于他来说,"相信科学"就是建筑在知识基础上的信念。他写信给热衷于寻神的德雅基列夫说:"现代文化乃是伟大的未来的工程的开端,这个工程还将继续,也许还要继续几万年……现代文化,这是一项工程的开端,而我们现在谈论的宗教运动,则是没有生命的残余,已经几乎接近死亡。"

在今天,西方的很多哲学家和作家认为,唯物主义扼杀心灵生活,科学的进步导致艺术的衰落。契诃夫没有这样的担忧,他说:"不要在没有战争的地方臆想战争。知识总是和平共处的。解剖学和美文都来路光明,目标一致,有着同一个敌人——愚昧,它们之间没有理由发生战争。它们无需进行生存竞争。如果一个人了解了关于血液循环的学说,他是充实的;如果他还学会了宗教史和浪漫曲《我记得那美妙的一瞬》,那么这个人不会更空虚,而是更充实——这是相得益彰的好事。因为天才永远不会互相争斗。在歌德的身上,诗人与自然科学家融洽地共处在一起。"

契诃夫的理智反抗着托尔斯泰主义者的说教:"理智和公道告诉我,在电灯和蒸汽机里,有比贞节和素食主义更多的对于人的爱。"与此同时,良知也启发了契诃夫,知道单靠"爱护亲人"的言辞是无济于事的。在中篇小说《我的生活》中,女主人公对自己的丈夫说:"我们在自我完善方面做出了成绩,但我们的这些成就对周围的生活产生明显的影响了吗?对哪怕是某一个人带来好处了吗?没有。愚昧、肮脏、酗酒、极高的儿童死亡率——过去是这样,现在还是这样。你耕了地,播了种,我花了钱,读了书,对任何人没有助益。很明显，我们仅仅是在为自己工作。"

在契诃夫的意识里，对于更正义的世界的向往与对于更理性的世界的向往是交织在一起的，正是因为这个原因，他并不满足于自由派们的关于温和的宪政的理想。

"要是我们这些城里人、乡下人全都能够毫无例外地分担那些为满足人类生理需要而必需的劳动，那么每人每天只需工作大概2小时就行了。您想想，我们大家，不论是富人还是穷人，每天只工作3小时，而剩下的时间里我们就是自由的。您想想，为了减少对我们体力的依赖和能够更多地减少工作时间，我们会发明机器去替代我们劳动……我们大家把这些时间统统用于科学和艺术上。就像有时男人们全都去修路一样，我们大家也这样一起来探寻真理和生活的意义。这样一来我敢肯定，真理将会很快被揭示出来，人类就能够摆脱对死亡常有的那种令人窒息的恐惧和折磨，甚至摆脱死亡本身。"(《带阁楼的房子》)

"如今时辰已到，有个庞然大物在向我们逼近，正在酝酿一场清新猛烈的暴风雨，把我们社会的惰性、冷漠，对劳动的鄙视、腐朽的沉闷一股脑地都扫除掉！我要去做工，要不了25年，要么30年，每一个人都要去做工的。每一个人！"(《三姐妹》)

他怀着信念注视着前方，这位写了许多忧伤的，甚至是绝望的故事的作者,是个乐观主义者。"想想过了200年、300年以后,那世上的生活将变得多么美好和惊人啊。人需要这种文明的生活,如果目前它还没来,那我们可以预先感觉到它,幻想它,准备去追求它,为了这生活,人要比他们的祖辈父辈见多识广才对。"——《三姐妹》中的一位剧中人物这样说,他表达的这些思想,我们也能在契诃夫的书信中找到。安东·巴甫洛维奇坚决反对那些关于人类退化的论调。他说:"不管退化现象会有多严重,但凭借意志与教育总能将它克服的。"他常常重复"教育"这个字眼儿,他知道什么叫无知,什么叫粗鲁,什么叫迷信,什么叫愚昧,而且知道该如何与之斗争。

在伊斯特拉的契诃夫纪念碑揭幕仪式上,或是在沃斯克列辛斯克的契诃夫追思会上,一位地方图书馆年长的女馆长和一个中学十年级的小男生讲了话,这可能对安东·巴甫洛维奇是个安慰(他不能忍受官样的纪念仪式)。当他知道他熟悉的沃斯克列辛斯克现在有了中学,那里的居民很爱读书,他一定会很高兴的,因为他确信,必须教人学文化、减轻劳动强度,这样就能在很大程度上改变世界。他相信俄国,尽管出于谦虚,他没有高声宣示。他认为,对于祖国的爱联系着对它的缺陷的痛惜。高尔基在回忆里引用了安东·巴甫洛维奇一段忧伤的话:"俄国人是奇怪的人!……

1901年出版的《三姐妹》单行本，扉页图片是戏剧《三姐妹》扮演者的照片。中间那位就是在剧中扮演二姐玛莎的契诃夫夫人克尼碧尔

若要生活得好，生活得像人样，就需要工作！带着感情和信念工作。而我们的人不会这样……我没有见过一个哪怕多少懂一点儿自己工作意义的官员。他通常是坐在首都或省城的办公室里炮制文件，然后下发到兹米耶夫和斯莫尔戈尼去执行。至于这些文件将会在兹米耶夫和斯莫尔戈尼剥夺什么人的自由，这位官员很少去想，就如同无神论者，不会去想地狱里的痛苦……这些官员的心理像狗一样：主人打它，它就轻轻叫几声，然后躲进自己的狗窝；主人宠它，它就四脚朝天躺在地上，摇晃着尾巴……"此类议论很多，我把它们视为契诃夫的深沉的爱国主义。

在一封写于赴萨哈林岛途中的信里，安东·巴甫洛维奇写道："我的上帝，俄国的好人非常之多！"有人说了，他在作品中对俄国和俄国人的表现有片面性，说他的注意力更多地放到了丑恶的、阴暗的一面。这是不对的，而且其实即使是这样，这也不能说明他对祖国无动于衷：难道《死魂灵》的作者、《戈洛夫列夫一家》的作者不是爱国主义者？契诃夫是医生，他知道沉默治不了病。而且，说在他的作品中仅仅表现恶人或无用的人也是不对的。诚然，契诃夫表现了普里希别耶夫上士和"套中人"，但他们不是生来就是粗鲁的人、告密的人、低能的官员——契诃夫从来不采用漫画化，他展现了那些被社会环境、社会教育、社会不公与残暴扭曲了的普通人。但契诃夫难道仅仅塑造了普里希别耶夫和别里科夫?从女裁缝波琳卡,从马车夫姚纳到小说《未婚妻》里的纳嘉、到《三姐妹》里的伊林娜,从《没有意思的故事》里的教授和卡嘉到齐娜依达·费多罗芙娜——他写了多少善良的好人,让他们栖居在这个世界上!

契诃夫远离种族主义。1897年,俄国有鼠疫流行的迹象。安东·巴甫洛维奇关注微生物家学哈甫金的工作,他是帕斯捷尔的学生,他在印度成功地实施了抗鼠疫疫苗的接种,契诃夫写信给苏沃林说:"咱们的防疫工作措施很不得力。哈甫金的疫苗接种能带来某种希望,但很不幸,哈甫金在俄国不吃香:'基督徒应防备他,因为他是犹太人。'"

他清醒地意识到世界文明的一致性。在他的札记中有这样的说法:"没有民族的科学,就如同没有民族的加法表,如果是民族的,就已经不是科学了。"他嘲笑虚假的爱国主义。从他的札记本里还能读到这样的话:"爱国主义者说:'您知道吗,我们的通心粉比意大利的好!我向您证明!有一次我在尼斯吃饭,给我端上了一盘鲟鱼,我几乎要大哭一场!'这位爱国主义者没有注意到,他只是在餐饮领域是个爱国主义者。"

梅列日科夫斯基曾经认为,契诃夫不理解意大利和法兰西,他疏离了西方。契诃夫在罗马曾与梅列日科夫斯基相遇，也在信中谈起过这件事："我在这里见到了梅列日科夫斯基，他兴奋得发狂。贫穷的、屈辱的俄国人在这里，身处美丽、富有和自由的世界，不难发狂。"当似乎契诃夫对意大利、法国之行并不满意的流言传到他耳朵的时候，他立即写信给苏沃林说："应该是一只公牛，才会头一次到了威尼斯或佛罗伦萨，便'背离西方'。在这种背离中没有多少智慧。但很想知道，是谁在拼命向全世界宣布，似乎我在国外不开心？我的上帝，我对任何人没有说过这样的话。我甚至喜欢博洛尼亚。我应该如何行事？兴奋得尖声叫喊？砸玻璃？与法国人拥抱？"他说，在所有他见过的城市中，他最喜欢佛罗伦萨、巴黎和莫斯科。费多洛夫问他："您最爱哪个城市？"安东·巴甫洛维奇回答："当然是莫斯科。"

不管他在何处，他都想着俄国。在尼斯，他创作了小说《波契涅格》《在故乡》《在马车上》《和朋友在一起》。坐在古诺大街的一所房子里，旁边是蓝蓝的大海、茂盛的棕榈树，但他在写他喜欢的俄国人，写女教师，写退伍军人，写波德戈林渴望着更"高尚和理智的"生活。从萨哈林岛归来的途中，他到了锡兰，后来他说他到了"天堂"，而就在锡兰他开始写作小说《古雪夫》——在天堂他也没有停止想念俄国。

他逝世于"十月革命"前13年。历史早就对旧的社会体制做出了判决，可能，作为见证人的契诃夫的客观描述有助于人民弄清很多真相。几乎所有的作家都对普里希别耶夫们的专制统治进行了批判——有的批判的力度大一些，有的批判的力度小一些，这取决于他们的才力。但是也有一些人仅仅追求自己的、自命高贵一族的自由，对于他们的虚情假意，很多契诃夫的同时代人认为，如果不是值得尊重，至少也值得原谅。与这些人不同，契诃夫憎恶虚伪、自私、金钱专制。在这方面，他接近于我们看到的新的俄国。

但如果历史早就对19世纪末的俄国做出了判决，那么我们能从契诃夫的作品中寻找到什么使我们感到亲近、能为我们理解和具有现代意义的东西呢？阿斯特洛夫医生在剧本《万尼亚舅舅》里说："人的一切都应该是美丽的，无论是面孔，还是衣裳，还是心灵，还是思想。"当契诃夫肯定地说再过200、300年，世上的生活将会很美好，他不是在说大话——他想到了人类的成长，人类只是开始在思考人的和谐发展。《没有意思的故事》里的主人公，那位老教授，在自己生命快要结束的时候，因为自己没有能给人的存在赋以意义的"总的思想"而苦恼。有些评论家从这里看到了对于宗教的向往，尽管契诃夫远离宗教信仰。另一些评论家断言,教授是在追求明确的政治的、社会的理想。可能,这后一种观点是真理,但也远非完全是真理。老教授像《没有意思的故事》的作者一样,是在为缺失真正的和谐、美、社会生活的人性而痛苦。所以托马斯·曼能够说,他不仅在1954年就理解了《没有意思的故事》中的主人公,而且老教授的苦恼在他看来要远比契诃夫鞭挞的那个社会、那些道德或谬误久长得多。

在时政与诗歌之间,在时代的课题与艺术的规律之间没有鸿沟。艺术家展现激动他和他的同时代人的问题。如果他能够不仅看到事物的表象,而且能够深入人的心灵的深层,那么他创作出的作品可以帮助苦难中的人们,也将可以震撼他们的子孙后代,那时历史已经做出了判决,而历史档案的尘埃已经蒙住了往日的社会现实。

每次从伊斯特拉的契诃夫纪念碑前走过,我都要微笑着注视这张熟悉的面孔。很难表达我对这位作家的爱,他也许是所有作家中最富有人性美的一位!他说,一个人了解了血液循环的原理,或是听到了普希金那句"我记得那美妙的一瞬间"的诗,这个人就会得到精神上的充实。而契诃夫当真充实了我,他向我揭示了情感世界的奥秘,他的很多话语,如同普希金的诗句,或是离我们更近的勃洛克的诗句,印刻在我的脑海里。他没有说教什么,但他教育了千百万人——在我们这里，也在远离伊斯特拉、巴勃基诺、梅里霍沃的地方，远离我们辽阔国土疆界的地方——在所有的有人在追求、在痛苦、在爱、在奋斗、在欢乐的地方。看着新耶路撒冷教堂左近的老树，我想，也许在某个夏日，契诃夫曾在它们的树荫下坐过？……我从没有见过他，但我不觉得他是个过去的经典作家，而是我们的同时代人。我隐隐地对自己笑了笑，为了不冒犯他的谦逊，我一遍又一遍地说着："谢谢，安东·巴甫洛维奇！"

译者说

在这一章里,爱伦堡着重论述了契诃夫的世界观和家国情怀。在19世纪的俄国作家中,契诃夫是少有的一位没有明确的宗教信仰的人。托尔斯泰认为这是因为契诃夫太热爱自由了。而爱伦堡还认为这是因为契诃夫是个笃信科学的唯物主义者。

爱伦堡在本章突出地引用了两句契诃夫语录,一句是:"如果一个人了解了血液循环的学说,他是充实的;如果他还学会了宗教史和浪漫曲《我记得那美妙的一瞬》,那么这个人不会更空虚,而是更充实——这是相得益彰的好事。"另一句是:"理智和公道告诉我,在电灯和蒸汽机里,有比贞节和素食主义更多的对于人的爱。"他还引用了《三姐妹》一剧中向往未来的著名台词。

契诃夫对于科学文明的礼赞,以及他对"200年、300年后"的光明未来的向往,都说明他是一位顺应时代潮流的乐观主义者。而坚信医学上的"血液循环学说"与普希金的名诗《我记得那美妙的一瞬》都可以充实人的精神世界，更显示了他的美学智慧，也是作者在本书第一章所说的契诃夫的"深刻的现代性"的应有之义。

本章是全书的最后一章，它结尾部分那一段充满感情色彩的文字，既凸显了契诃夫作品的人道主义品质，也呼应着本书第一章所说的"我一生一世都怀抱着对契诃夫的爱"的自白。

本章提到的伊斯特拉、巴勃基诺、新耶路撒冷都是契诃夫大学毕业后行医时逗留过的地方。梅里霍沃则是契诃夫成了知名作家后移居的一处庄园。

附录

惜别樱桃园

童道明

1904年1月17日,是契诃夫的44岁生日。莫斯科艺术剧院选择这一天首演《樱桃园》。演出前还为剧作者举行了祝寿仪式。斯塔尼斯拉夫斯基后来在《我的艺术生活》中记下了这个庆典的隆重但也沉重的印象:"在庆祝会上,他(即契诃夫)却一点也不愉快,仿佛预感到自己将不久于人世了。"

在那个距今已有91年的莫斯科市区的夜晚,契诃夫可能预感到了他是在过自己的最后一个生日,但他未必会预计到《樱桃园》的长久的活力。

"活力"在哪?不妨先勾勒一下它的可以一下子梳理出来的故事头绪:为了挽救一座即将拍卖的樱桃园,女主人从巴黎回到俄罗斯故乡。一个商人建议她把樱桃园改造成别墅出租。女主人不听,樱桃园易主。新的主人正是那个提建议的商人。樱桃园原先的女主人落了几滴眼泪,走了。落幕前,观众听到"从远处隐隐传来砍伐树木的斧头声"。

无疑,《樱桃园》的意蕴联系着"樱桃园的易主与消失"这个戏核。但随着时代的演进,从这个戏核可以生发出种种不同的题旨来。在贵族阶级行将入木的20世纪初,由此可以反思到"贵族阶级的没落";在阶级斗争如火如荼的"十月革命"后,由此可以导引出"阶级斗争的火花";而在阶级观点逐渐让位给人类意识的20世纪中后叶,则有越来越多的人从"樱桃园的消失"中,发现了"人类的无奈"。在最早道出这种新"发现"的"先知先觉"中,就有比契诃夫晚生9年但比契诃夫多活55年的契诃夫夫人克尼碧尔。她也是樱桃园女主人一角的最早扮演者。在她去世前不久的50年代末,她像是留下一句遗言似的留下了这样一句话:《樱桃园》写的"乃是人在世纪之交的困惑"。

"困惑"在哪?不妨再挖掘一下剧本中可以一下子挖掘下去的故事底蕴:美丽的"樱桃园"终究敌不过实用的"别墅楼",几幢有物质经济效益的别墅楼的出现,要伴随一座有精神家园意味的樱桃园的毁灭。"困惑"精神与物质的不可兼得,"困惑"在趋新与怀旧的两难选择,"困惑"在情感与理智的永恒冲突,"困惑"在按历史法则注定要让位给

"别墅楼"的"樱桃园"毕竟也值得几分眷恋,"困惑"在让人听了心颤的"砍伐树木的斧头声",同时还可以听作"时代前进的脚步声"……

《樱桃园》是一部俄罗斯文化味道十足的戏剧。但在它问世半个世纪之后,随着新的"世纪之交"的临近,当新的物质文明正以更文明或更不文明的方式蚕食乃至鲸吞着旧的精神家园时,《樱桃园》这个剧本反倒被越来越多的人看成是可以寄托自己情怀的一块精神园地,这就是为什么近30年来世界著名导演竞相排演这个戏的原因。于是,《樱桃园》里包裹的那颗俄罗斯的困惑的灵魂,像是升腾到了天空,它的呼唤在各种肤色的人的心灵中激起了共鸣的反响。其中自然也包括我们黑头发黄皮肤的龙的传人。

20世纪50年代末,旅欧华人作家凌叔华重游日本京都银阁寺,发现"当年池上那树斜卧的粉色山茶不见了,猩红的天竹也不在水边照影了……清脆的鸟声也听不到了"。而在寺庙山门旁边"却多了一个卖票窗口了"。告别已经成为营业性旅游点的银阁寺,凌叔华女士在她的散文《重游日本》里写下了自己的"心灵困惑":"我惘惘地走出了庙门,大有契诃夫的《樱桃园》女主人的心境。有一天这锦镜池内会不会填上了洋灰,作为公共游泳池呢?我不由得一路问自己。"

在"樱桃园"变成历史陈迹的时候，有《樱桃园》女主人心境的，并不非得是女性，甚至也并不非得熟悉契诃夫的剧本《樱桃园》。20世纪50年代中期，当北京的老牌楼、老城墙在新马路不断拓展的同时不断消失与萎缩的时候，最有契诃夫《樱桃园》女主人心境的北京市民，我想一定是梁思成先生了。

古人留给我们"物是人非"或"物在人亡"的成语。所谓"倏来忽往，物在人亡"。现在人的寿命大大延长了，而"物"呢？反倒容易陷入"面目全非"或"面目半非"的窘境。这几年来，多少个博物馆的"半壁江山"割让给了现代家具展销会，多少个幼儿园"脱胎换骨"成了高档餐厅或者卡拉OK歌舞厅。我们该在心中兴起"倏来忽往，人在物非"的感喟了。

时代在快速地按着历史的法则前进，跟着时代前进的我们，不得不与一些旧的但也美丽的事物告别。在这日新月异的世纪之初，我们好像每天都在迎接新的"别墅楼"拔地而起，同时也每天都在目睹"樱桃园"的就地消失。我们好像每天都能隐隐听到令我们忧喜参半、令我们心潮澎湃，也令我们心灵怅惘的"砍伐树木的斧头声"。我们无法逆"历史潮流"，保留住一座座注定要消失的"樱桃园"，但我们可以把消失了的、消失着的、将要消失的"樱桃园"，保留在我们的记忆里,只要它们确确实实值得我们记忆。大到巍峨的北京城墙,小到被曹禺写进《北京人》的发出"吱妞妞、吱妞妞"声响的曾为"北平独有的单轮水车"。

　　谢谢契诃夫。他的《樱桃园》同时给予我们以心灵的震撼与慰藉;他让我们知道,哪怕是朦朦胧胧地知道,为什么跨入新世纪门槛的我们,心中会有这种甜蜜与苦涩同在的复杂感受;他启发我们进入21世纪的人,将要和各种各样的复杂的、冷冰冰的电脑打交道的现代人,要懂得多情善感,要懂得在复杂的、热乎乎的感情世界中徜徉,要懂得惜别"樱桃园"。

图书在版编目 (CIP) 数据

重读契诃夫 / (苏) 伊利亚·爱伦堡著；童道明译.
- 北京：京燕山出版社，2018.5
ISBN 978-7-5402-5147-5

Ⅰ.①重⋯ Ⅱ.①伊⋯ ②童⋯ Ⅲ.①契诃夫 (Chekhov, Anton Pavlovich 1860–1904) — 文学研究 Ⅳ.① I512.064

中国版本图书馆 CIP 数据核字 (2018) 第 108253 号

重读契诃夫

［苏］伊利亚·爱伦堡 著
童道明 译
责任编辑 / 尚燕彬　朱　菁
装帧设计 / 小　贾　张　佳

北京燕山出版社出版发行
北京市丰台区东铁营苇子坑路 138 号嘉城商务中心 C 座　邮编 100079
全国新华书店经销
三河市紫恒印装有限公司印刷

开本 787×1092　1/32　印张 5　字数 76,000
2018 年 7 月第 1 版　2018 年 7 月第 1 次印刷

定价：38.00 元

版权所有　盗版必究